KB207205

이 책에 대한 찬사

엘케 하이덴라이히의 문장은 강렬하다! 노년을 맞이하는 사람으로서 과장 없이, 그러나 날카롭게 써 내려간다.

***베르너 반 베버**Werner van Bebber, **〈데어 타게스슈피겔〉**

《나로 늙어간다는 것》은 엘케 하이덴라이히 자신의 이야기다. 나이 들어가는 삶과 살아갈 용기에 관한 이야기. 책에는 두 모습의 엘케 하이덴라이히가 공존한다. 명랑하고 웃음이 많으며 찬사를 아끼지 않는 하이덴라이히는 분노하는 하이덴라이히 없이는 존재할 수 없다.

***폴커 바이더만**Volker Weidermann, **〈디 차이트〉**

노년에 관한 아름답고 간결한 안내서! 저자는 자기 연민에 빠지거나 우울해하거나 두려워하지 않는다. 독서를 업으로 삼은 사람인 만큼 이 책에는 저자가 읽어온 수많은 책 속 구절들이 색색의 꽃묶음처럼 가득 담겨 있다. 조금 까칠하지만 매 문장마다 솔직하고 매력적인 이야기가 펼쳐진다.

***알렉산더 멘덴**Alexander Menden, **〈쥐트도이체 차이퉁〉**

아주 사적이면서도 감칠맛 나는 늙어감에 대한 찬사! 반항과 장난기로 가득하면서도 다정함과 멜랑콜리가 가미되어 있다.

＊스위스 공영방송 SRF

신랄하면서도 위트로 가득하다. 기억 속 보물들과 삶의 지혜, 바람직한 노년의 모습과, 자신과 타인에 대한 성찰을 술술 풀어놓은 책.

＊마르쿠스 라이터 Markus Reiter, **〈슈투트가르터 차이퉁〉**

저자는 유치한 어조로 추억팔이를 하거나 끝없이 자아를 확장하거나 영원한 젊음을 추앙하지 않는다. 오히려 생동감 있는 포기를 이야기한다. 저자는 우리에게 두 손 두 발 다 놓고 그냥 삶을 즐기려 하지 말고 도전하라고 말한다.

＊로타어 슈뢰더 Lothar Schröder, **〈라이니셰 포스트〉**

엘케 하이덴라이히는 자신의 삶에 스스로 책임을 지라고, 삶에서 다가오는 것들에 호기심을 잃지 말라고 우리를 고무한다.

＊카트린 슈왈렌 Katrin Schwahlen, **〈팔라이스 플룩스〉**

평생 문학에 열광하며 끊임없이 책을 소개해온 저자는 자신이 평생 책, 특히 문학에 천착해온 이유가 독서를 통해 인간을 알 수 있기 때문이라고 누누이 강조했다. 저자의 이 새로운 책도 인간에 대한 앎으로 가득하다. 같은 인생을 완전히 망해버린 것으로도 볼 수 있고 엄청나게 놀라운 것으로도 볼 수 있다는 저자의 가정은 굉장히 매력적이다.

＊한스루에디 쿠글러 Hansruedi Kugler, **〈CH미디어〉**

밝고 거침없는 문체는 예상했던 대로다. 지금 우리를 행복하게 하는 것들이 노년에도 우리와 함께할 거라니, 독자들은 정말 힘이 난다. 저자는 노년에도 스스로를 믿고 호기심을 잃지 않으며 초연하게 살아가라고 권유한다.

＊카린 그로스만 Karin Grossmann, **〈젝시셰 차이퉁〉**

마음속에 있는 걸 늘 곧이곧대로 말하는 하이덴라이히의 밝고 친근한 어투가 고스란히 느껴지는, 나이 듦에 대한 영리하고 명랑한 책이다.

＊니콜 슈트레커 Nicole Strecker, **서부독일방송3**

솔직하고 재미있고 위로로 가득하다. 기분 좋게 늙어가고자 하는 모두를 위한 책!

＊게르하르트 자일링거 Gerhard Zeillinger, **〈데어 스탠다드〉**

젊어서 죽지 않는 한 누구나 늙어갈 수밖에 없다. 이 책의 모든 문장을 플래카드로 만들어 온 도시에 걸어놓고 싶다.

＊카차 크라프트 Katja Kraft, **〈메르쿠르〉**

2024년 독일에서 가장 많이 팔린 이 책에서 저자는 노년을 어떻게 의식적이고 바람직하게 보낼지 소중한 조언을 해준다. 우리가 지금까지 알고 사랑해온 저자의 매력적인 면모가 책에 그대로 담겨 있다.

＊〈미디어 컨트롤〉

나로 늙어간다는 것

ALTERN by Elke Heidenreich
Originally Published in 2024 by Hanser Berlin im Hanser Verlag GmbH & Co. KG,
München, Germany.

Copyright © 2024 Hanser Berlin in der Carl Hanser Verlag GmbH & Co. KG,
München
All rights reserved.

Korean Translation Copyright © 2025 by The Business Books and Co., Ltd.
This Korean language edition was published by arrangement
with Carl Hanser Verlag GmbH & Co. KG, München, through MOMO Agency, Seoul.

이 책의 한국어판 저작권은 모모 에이전시를 통해
저작권자와 독점 계약을 맺은 (주)비즈니스북스에게 있습니다.
저작권법에 의해 국내에서 보호를 받는 저작물이므로 무단 전재와 복제를 금합니다.

80대 독일 국민 작가의 무심한 듯 다정한 문장들

나로 늙어간다는 것

엘케 하이덴라이히 지음
유영미 옮김

북라이프

옮긴이 **유영미**

연세대학교 독어독문과와 동 대학원을 졸업하고 전문 번역가로 활동하고 있다. 《여자와 책》, 《헤르만 헤세의 나로 존재하는 법》, 《슬퍼하지 말아요, 곧 밤이 옵니다》, 《제정신이라는 착각》, 《울림》, 《창조적 사고의 놀라운 역사》, 《카이로스》, 《왜 세계의 절반은 굶주리는가》, 《부분과 전체》, 《불행 피하기 기술》 등 다수의 책을 우리말로 옮겼다.

나로 늙어간다는 것

1판 1쇄 발행 2025년 5월 27일
1판 2쇄 발행 2025년 5월 29일

지은이 | 엘케 하이덴라이히
옮긴이 | 유영미
발행인 | 홍영태
발행처 | 북라이프
등 록 | 제2011-000096호(2011년 3월 24일)
주 소 | 03991 서울시 마포구 월드컵북로6길 3 이노베이스빌딩 7층
전 화 | (02)338-9449
팩 스 | (02)338-6543
대표메일 | bb@businessbooks.co.kr
홈페이지 | http://www.businessbooks.co.kr
블로그 | http://blog.naver.com/booklife1
페이스북 | thebooklife
인스타그램 | booklife_kr
ISBN 979-11-91013-91-7 03810

* 잘못된 책은 구입하신 서점에서 바꾸어 드립니다.
* 책값은 뒤표지에 있습니다.
* 북라이프는 (주)비즈니스북스의 임프린트입니다.
* 비즈니스북스에 대한 더 많은 정보가 필요하신 분은 홈페이지를 방문해 주시기 바랍니다.

비즈니스북스는 독자 여러분의 소중한 아이디어와 원고 투고를 기다리고 있습니다.
원고가 있으신 분은 ms2@businessbooks.co.kr로 간단한 개요와 취지, 연락처 등을 보내 주세요.

이 책을 쓰는 동안 106세 생일을 맞은 내 친구 엘리자베트 폰 보리스에게 감사와 사랑을 담아 이 책을 바칩니다. 그녀는 불행했던 나의 십대 시절, 사랑과 따스한 온기를 나누어 주고 나의 피난처가 되어주었습니다.

"이 책을 쓰는 것은 내겐 무척 즐거운 일이었다. 노년이 주는 모든 불편함이 말끔히 사라졌을 뿐 아니라 노년의 시간을 편안하고 쾌적하게 만들어주었다."

_키케로, 《노년에 관하여》

일러두기

- 인명과 지명 등의 표기는 국립국어원의 외래어 표기법을 준수하되 일부는 통칭에 따랐다.
- 본문의 각주는 모두 옮긴이 주다.
- 국내 번역 출간된 책은 한국어판 제목으로 표기했으며 미출간 도서는 원어를 병기했다.

내 인생,
완전히 망했어

나는 제2차 세계대전이 미처 끝나기 전에 태어났다. 부모님은 그리 자상한 분들이 아니었고 나도 고분고분하게 말 잘 듣는 아이가 아니었다. 부모님과의 갈등이 견딜 수 없을 정도로 심해지자 나는 위탁가정에 맡겨졌다. 개신교 목사의 집이었는데 감정적으로 냉랭했지만 지적인 분위기가 넘쳐흐르는 곳이었다. 저녁 식사 자리에서는 하이데거와 하버마스에 대한 토론이 이어졌다.

나는 그곳에서 피아노를 배우고 수학도 따로 지도받으며 대학 입학 자격시험Abitur을 치렀다. 대학에 진학했지만 12학기 만에 공부를 중단하고 오랫동안 병원 신세를 졌다. 폐 수술을 받았기 때문이다. 의사들은 내게 앞으로 5년 정도밖에 못 산다고 했다. 오래전부터 줄담배를 피워온 탓이었다.

나는 너무 이른 나이에 결혼했고, 몇 년 못 되어 헤어졌다. 두 번째 결혼은 25년 만에 별거를 시작했고, 그 뒤로 17년이 지나 결국 이혼했다. 그리고 다시 병원 신세를 졌다. 암이었다. 그래, 이번 생은 완전히 망했어!

나는 오랫동안 방송 일을 했다. 하지만 ZDF(독일 공영방송)를 '교양 없는 무식쟁이들'로 내모는 발언을 하는 바람에 그동안 진행하던 최고의 프로그램인 〈책 읽기!〉Lesen!에서 하차하고 방송에서 퇴출당했다.

나는 쾰른으로 이사했다. 내가 이사할 무렵 쾰른은 생동감 있고 흥미진진한 도시였으나 지금은 조용한 지방 도시로 전락해버렸다. 이제 여든이 된 나는 밤마다 잠을 이루지 못하며 생각한다.

내 인생, 얼마나 더 오래 계속되려나?

내 인생,
완전히 멋졌어

나는 제2차 세계대전이 끝나기 2년 전에 태어났으나 전쟁을 직접 겪지는 않았다. 부모님은 나를 사랑했지만 전후 독일을 재건해야 하는 상황과 자신들의 깨어진 결혼 생활로 말미암아 스트레스가 상당히 많았다. 부모님이 바쁘다 보니 나는 거의 방치되다시피 자랐고 많이 방황했다.

내 견진례를 맡았던 목사님이 보다 못해 개입해서 나를 독일 서쪽에 위치한 본으로 데려갔다. 그렇게 본에 있는 커다란 목사관에서 살기 시작했다. 그곳 사람들은 교양이 넘쳤고 책장에는 책들이 가득했다. 그곳에서 나는 피아노도 배웠다. 우수한 성적으로 대학 입학 자격시험을 치르고 대학에 입학해 공부를 했다.

중병에 걸렸으나 이겨냈고 자상하고 똑똑한 남자와 결혼했다. 하지만 우린 너무 젊었고 얼마 안 가 헤어졌다. 그와는 지금까지 친구로 지내고 있다. 두 번째 결혼은 오랜 세월 이어졌다. 두 번째 배우자와 헤어진 뒤에는 꽤 특이하지만 재능이 뛰어난 음악가와 함께 살고 있다. 그는 나보다 훨씬 나이가 어리다.

나는 TV 방송에서 멋진 프로그램을 진행했고 돈을 많이 벌었다. 〈책 읽기!〉 방송도 성공적으로 진행했다. 하지만 무리해서 일하느라 지친 탓에 프로그램을 그만두었다.

내겐 멋진 집에 좋은 친구들, 다정한 반려견이 있다. 걱정거리는 없다. 여든 살이라는 나이는 별로 문제가 되지 않는다. 말똥말똥 깨어 있는 밤이면 나는 모든 것에 감사한다. 전쟁 없는 민주 국가에서 이렇게 오래도록 삶을 누리고 있으니.

자, 이제 두 인생 중
하나를 골라보라

내 이야기를 좀 더 덧붙이자면 나는 평생 담배도 숱하게 피우고 술도 많이 마셨다. 젊을 때는 무모하게 오토바이도 탔으며 나이 들어서는 자동차를 부주의하게 빠르게 몰았다. 살아오면서 이렇다 할 운동을 한 적이 한 번도 없고, 정절을 지키는 데도 재능이 없어 결혼 생활이 잘 맞지 않았다. 그래도 수많은 베스트셀러 책을 썼기에 먹고사는 데는 지장이 없다.

이건 굉장한 일이다. 지금 나는 책으로 가득한 집에 앉아 생각한다. 정말 멋진 인생이야!

그렇다. 그러다 보니 늙었다.

헐, 늙었다니! 언제부터 늙은 것일까? 왜 이렇게 갑자기 늙었을까? 왜지?

한 가지는 분명히 해두자. 나는 자녀를 두지 않았다(나는 엄마가 되는 걸 원하지 않았다. 젊은 시절에 임신 중절을 했다). 그래서 할머니가 될 필요도 될 수도 없는 사람이다. 오롯이 본인의 인생만 살면 되고 이런 사람은 당연히 자녀가 있는 사람과는 다르게 늙어간다. 아주 다른 인생을 살아간다. 인생의 모습이 다르기에, 노년을 살아가는 모습도 다르다.

자녀를 둔 사람들은 재정적으로든 생활에서든 경우에 따라 자녀들의 보살핌을 받을 수 있다. 하지만 나는 그럴 수 없다. 내 어린 시절은 암울했고 내 부모는 불행했으며 그 밑에서 나는 성가시고 불행한 아이로 살았다. 그래서 일찌감치 마음먹었다. 내 인생에는 그런 일을 만들고 싶지 않다. 제대로 엄마 노릇도 못 하고 스트레스만 잔뜩 받는 엄마가 되지 않겠다. 아이를 낳지 말아야지. 아이를 낳으면 내가 어릴 적 계속 빰을 얻어맞았듯 나도 계속 아이의 빰을 때릴 것만 같았다.

그렇게 내 안의 무언가가 아이를 낳고 가족을 이루는 일에 마음을 꽉꽉 닫게 만들었다. 질병이나 불행, 헤어짐보다 더 내 가슴을 서늘하게 하는 단어는 바로 종속, 구속이라는 말이었다.

나는 어떤 파트너에게도 결코 종속되지 않았다. 나는 늘 나 자신을 돌봤고 마지막까지 그렇게 하려 한다. 내 힘으로 생활이 불가능한 지경에 이르면 간병인을 구해서 가능하면 내 집에서 지내려 한다.

나는 나를 거둬줄 가족이 없다. 지금의 파트너는 나보다 스물여덟 살이나 어린 데다 세상 물정 모르는 예술가라 나를 돌봐줄 위인이 되지 못한다. 상황이 그러하다.

◆ ◆ ◆

차례

나이 들었다는 건
내게 어떤 의미일까?

나이 들었다는 건 내게 어떤 의미일까? 잘 모르겠다. 다만 내가 아는 것은 나이 듦을 받아들이고 부인하지 않겠다는 것, 내 나이보다 젊어 보이려고 애쓰지 않겠다는 것이다. 게다가 나는 나이 들었다고 해서 결코 삶이 전보다 가치가 떨어진다고 생각하지 않는다.

착각일지도 모르지만 얼굴에 주름이 별로 없다는 점에서 나는 지금 내 모습도 썩 괜찮다고 생각한다. 미인은 아니었지만 피부는 그런대로 괜찮다(얼굴에 따뜻한 물은 절대 대지 않는다!). 우리 집안 여자들이 그렇듯 주름이 거의 없다. 피부는 원체 타고났다고 할까!

하지만 가끔 백화점 같은 곳에서 에스컬레이터를 타고 가다 갑자기 옆 거울에 비친 내 모습을 보고 멈칫할 때가 있다. 저기 저 헝클어진 머리에 심술궂어 보이는 늙은이는 대체 누구지? 그러고 나서 보면 그게 나다. 물론 손이랑 목 같은 데서도 내가 나이 든 여자라는 게 티가 난다.

하! 이탈리아 작가 나탈리아 긴츠부르그Natalia Ginzburg는 1971년 《여자들》Die Frauen이라는 제목의 소설을 이런 문장으로 시작한다.

> 여자의 몸에서 제일 먼저 늙는 것은 목이다. 어느 날 그들은 거울 속에서 쪼글쪼글 주름진 자신의 목을 보게 된다. '이게 대체 무슨 일이지?' 그들은 화들짝 놀라 생각한다. '어째서 이런 일이 내게 일어난 거야? 마냥 젊기만 했던 내게 어째서 이런 일이?'

나는 얼굴에 주름이 별로 없다. 무슨 시술 같은 걸 받은 게 아니다. 나는 아무런 시술도 수술도 받지 않을 것이다. 내 몸에 굳이 필요하지 않은 마취 같은 걸 하고 싶지 않다. 가뜩이나 시력이 안 좋아 몇 주에 한 번씩 눈에 주사를 맞는데, 그

것만으로도 싫어죽겠다. 눈에 주사를 맞는 건 쉬운 일이 아니다. 간혹 마취도 해야 한다.

내가 아주 좋아하는 오스트리아 시인 크리스티네 라반트 Christine Lavant✦의 시 첫 연은 이러하다.

> 내 시력은 더 이상 쓸 만하지 못하고
> 청력도 서서히 약해져간다.
> 나는 곧 쓸모없는 사람이 되겠지.
> 쓰임을 다한 광산 말pit pony처럼.
> 하지만 그렇게 호락호락하지는 않지.
> 내 의지가 나를 들썩이게 한다.

내 의지가 나를 들썩이게 한다. 그리고 살게 한다! 좋은 자세다.

물론 주름이 아주 없지는 않다. 나는 친구들과 긴긴밤을 보내면서 이런 주름을 얻었다. 많이 웃고 많이 사랑하면서, 건강에 무신경하게 멋진 삶을 살면서 이런 주름을 얻었다.

울어서 생긴 주름도 있다. 하지만 그렇다고 울었던 것을 후회하지는 않는다. 슬퍼서, 사랑해서, 행복해서 울었던 것을. 나는 이런 주름 중 어느 하나도 지워버리지 않을 것이다. 하

✦ 인간의 고통과 신앙을 깊이 탐구한 작품을 다수 남겼으며 독일어권 문학에서 중요한 위치를 차지한다.

물며 필러를 맞아 입술을 외설적으로 부풀리는, 그런 일은 안중에도 없다.

얼굴에 이것저것 잔뜩 맞은 여자들은 여든쯤에 어떤 모습이 될까? 모두가 제인 폰다나 셰어처럼 보이지는 않겠지만 그 거짓된 반짝임을 자세히 들여다보면 어색하기 짝이 없다. 나는 인공적인 결과물이 되고 싶지 않다. 나는 나 자신이 되고 싶다. 젊을 때부터도 늘 푸석푸석하기만 했던, 그러나 신기하게도 거의 세지 않은 내 머리칼과 더불어. 내 안경과 더불어. 그 모든 불행과 질병의 흔적을 지닌 채로.

프랑스 작가 마르그리트 뒤라스Marguerite Duras는 소설 《연인》을 이렇게 시작한다.

> 어느 날 내가 이미 아주 나이가 많이 들었을 때, 어느 공공건물 로비에서 한 남자가 내게로 다가왔다. 그는 자신을 소개하며 이렇게 말했다.
> "저는 당신을 옛날부터 알고 있었어요. 모두가 당신이 젊었을 때 아름다웠다고 말하더군요. 나는 당신에게 이 말을 해주러 왔습니다. 나는 당신이 젊은 시절보다 지금이 더 아름답다고 생각합니다. 나는 당신의 젊은 시절 얼굴보다 지금의 이 황폐해진 얼굴이 더 마음이 듭니다."

나는 삶으로 황폐해진 잔느 모로Jeanne Moreau◆나 루이스 부르주아Louise Bourgeois◆◆의 얼굴이 무척 아름답다고 생각한다. 그들의 얼굴은 보톡스를 맞아 빵빵해진 뺨을 가진 여자들의 얼굴보다 여러 가지 것들로 빵빵하게 채워진 인생에 대해 훨씬 많은 말을 해준다.

우리는 우리 부모 세대와는 다르게 늙어간다. 옛날에는 나이가 오십만 되어도 늙고 힘 빠진 노인이었다. 하지만 오늘날에는 80세에도 심신이 건강하고 빠릿빠릿하다. 세상은 변하고 있고 우리도 함께 변해간다. 우리는 부모 세대보다 더 오래 정신적으로 민첩하며 양질의 의료 서비스도 누리고 있다.

나는 10년도 더 전에 여성 잡지에 기고한 칼럼에 이렇게 적었다.

> 어떤 날은 내가 백여덟 살쯤 된 기분이고 겉모습도 그렇게 보인다. 마흔 살처럼 느끼고, 마흔 살처럼 보이는 날도 있다. 오늘은 예순아홉 먹은 기분이고 예순아홉처럼 보인다.
>
> 나는 지금 예순아홉이다. 오늘은 뼈마디가 쑤셔서 침대에서 나오기가 싫었다. 하지만 억지로 일어난다. 늘 여덟 시 반쯤 일어나 9시 반이면 책상 앞에 앉는다.

◆ 프랑스의 배우이자 감독.

◆◆ 프랑스 태생 미국 추상표현주의 조각가.
대형 거미 조각 〈마망〉maman으로 유명하다.

뼈마디가 아픈 건 근육통 때문이고, 근육통이 생긴 건 요즘 디스크 때문에 피트니스 센터에 다니기 시작했기 때문이다. 나는 정말이지 마지못해 운동복을 입고(그나마 야광색 운동복은 아니다. 모든 게 상복처럼 우아한 검은색이다!) 아름다운 야니네에게 괴롭힘을 당한다. 양손에 2킬로그램짜리 덤벨을 들고서 작은 공 위에 누워 상체를 들어올려야 하는 것이다. 이 동작은 복근에 좋다고 한다. 흔들리는 판 위에 서서 무릎도 구부려야 하는데, 이 동작은 균형 감각과 허벅지에 좋다고 한다.

내가 더는 하지 못하겠다고 하면 야니네가 말한다.

"여덟 번 더!"

나는 말한다.

"네 번 더!"

그러면 야니네는 이렇게 말한다.

"좋아요, 여섯 번 더!"

야니네가 종용하지 않는다면 나는 이런 운동을 하지 않을 것이다. 심지어 나는 그녀가 나를 괴롭히는 대가로 돈까지 지불한다.

그렇다. 늙어가면서 건강을 유지하고자 한다면 이렇게 된다. 인정한다. 잘되어가고 있다. 나는 이런 사실 그리고 다행히 사랑을 하기에 늦은 나이는 없다는 사실 덕분에, 이렇게 마흔처럼 보이고 빛나는 날들을 누리고 있다. 그런 날들이 있다. 드물지만.

그렇다. 왕왕 체감 나이가 곧 그 사람의 나이다. 대부분 실제 나이는 더 많다. 〈보그〉의 매력적인 모델이 언젠가 이런 인터뷰를 하는 걸 봤다.

"물론 알아요. 내가 영원히 젊지 않을 거라는 걸, 언젠가는 서른이 될 거라는 걸!"

하하, 멋지다.

이제 나는 이렇다 할 운동은 하지 않는다. 하지만 개를 키우기에, 개를 데리고 매일 두 시간씩 산책한다. 전반적으로는 이놈의 늙어가는 일을 잘 감당하고 있다고 할 수 있다. 늙어간다는 건 내가 여전히 살아 있다는 뜻이 아니겠는가.

스물세 살에(어려운 폐 수술을 앞두고) 만일을 위해 유언장까지 작성해야 했던 사람에겐("내가 모은 어린이책들은 도서관으로 보내주세요. 내 고전과 아코디언은 알브레히트에게 주고, 내 계좌의 돈은 내 장례식을 위해 써주세요. 그리고 곰인형 프리츠를 부디 무덤에 함께 넣어주세요!") 이 나이에 여전히 숨이 붙어 있다는 것 자체가 이미 꽤 대단한 일이다.

내 인생은 어땠는가? 어린 시절(어린 시절은 쉽지 않았다. 1950년대에 독일이 패전한 뒤 정신없이 버거운 삶을 살았던 부모들과 체벌을 서슴지 않았던 나치 세대 선생님들과 함께하는 삶이었다. 나는 악착같이 일하는 부모 밑에서 외로이 책을 벗 삼아 자랐다!) 나는 엄마의 재봉틀 위에 앉아 벽에 걸린 거울 속 나와 더불어 이야기했다. 내가 지어낸 여러 가지 언어로 나 자신과 소통했고, 나에게 시를 암송해주고, 큰 소리로 책을 읽어주었다. 그것이 적막이 감도는 긴긴 오후에 사람 목소리를 들을 수 있는 유일한 길이었다.

가슴앓이를 거듭했던 열여섯, 열일곱 살 시절은 또 얼마나 끔찍했는지! 1958년부터 나의 일기장은 애처로운 탄식, 탄식, 탄식으로 가득했다. 그는 나를 사랑하지 않아, 그는 오지 않아, 더 이상 못 하겠어, 더 이상 살고 싶지 않아….

얼마나 많은 삶의 시간을 침대에서 흐느끼고 밤새 일기를 쓰며 흘려보냈는가! 그 무렵에도 책들은 내게 큰 도움이 되었다. 트루먼 커포티Truman Capote의 《풀잎 하프》에서는 이런 문장을 만났다.

> 나는 열한 살이었고, 나중에 열여섯이 되었다. 이룬 일은 아무것도 없었지만 놀라운 세월이었다.

이런 문장들이 나로 하여금 생각을 하게 했다.

나는 친구들과 긴긴밤을 보내면서

이런 주름을 얻었다.

많이 웃고 많이 사랑하면서,

건강에 무신경하게 멋진 삶을 살면서

이런 주름들을 얻었다.

젊음이란
무엇일까?

"다시 한번 스무 살로 돌아가, 그때처럼 사랑에 빠질 수만 있다면"이라는 유행가 가사가 있다. 오, 맙소사! 대체 스무 살에 사랑에 대해 뭘 알았단 말인가?

나는 깊고 멋져 보이는 호수에 무작정 뛰어들 듯이 사랑에 빠졌고, 종종 얕은 바닥에 머리를 호되게 부딪히고는 오랫동안 영혼이 마비되어 있곤 했다.

스무 살의 나는 행복하지 않았다. 대학 생활, 남자들, 책들… 모든 것이 혼란스러웠다. 당시 나는 가구 딸린 단칸방에서 지냈다. 강아지도, 정원도, 고양이도, 마음을 둘 수 있는 장소도 없었다. 아직 제 얼굴도 제대로 나오지 않은 상태였다. 그래도 스무 살은 최소한, 집에서 억눌려 살던 열일곱 살 시절만큼 끔찍하지는 않았다.

그랬다. 청춘은 좋지 않았다. 그래서 서른이 되는 것은 멋진 일이었다. 그리고 마흔은 놀라운 나이였다! 물론 1970년대에 나탈리아 긴츠부르크가 《여자들》이라는 소설에서 이렇게 쓰긴 했다만.

> 마흔이 되면 여자들은 '중년 여성'이라 불리는, 저 비호감의 우스꽝스럽고 슬픈 동물이 되지 않기 위해 무엇을 할 수 있을지 자문하기 시작했다.

오십엔 멜랑콜리로 가득하지만 놀라울 만큼 초연해졌고, 육십 줄에 들면서는 서서히 진지해졌다. 이때 비로소 다락방에 있던 일기장들과 연애편지들을 처분할 수 있었다.

서른 이전에는 거의 모든 것이 고통이었지만 예순이 넘어서는 모든 것이 선물로 느껴졌다. 눈길을 끄는 핑크색 립스틱을 바르고 다녔던 20대보다 나는 지금 더 강하고 자신감이 넘친다(그 립스틱은 나의 처음이자 마지막 립스틱이었다).

스무 살에 좀 더 영리했더라면 좋았을 텐데. 담배도 좀 작작 피우고 좀 더 양질의 식사를 하려고 신경 썼더라면. 연애질도 좀 작작하고. 그렇게 어린 나이에 결혼을 하지 않았더라면. 툭하면 이삿짐을 싸서 거처를 옮기지 않고 좀 더 조용히 지냈더라면 좋았을 걸.

나는 영리하지 못했다. 삶이라는 것에 막 뛰어들어 뭘 제대로 알지 못했다. 1963년 스무 살 나의 두꺼운 일기장은 비애와 질문으로 가득했고 군데군데 시구詩句들이 끼워져 있다. "돌 같은 당신의 심장에 내 날개가 부러졌을 때" 혹은 "난 바다 위를 떠돌 뿐 더 이상 땅에 발을 디디지 않으리"(엘제 라스커쉴러Else Lasker-Schüler), "키워드를 빌리고 싶네. 다만 누구에게서?"(고트프리트 벤Gottfried Benn) 같은 구절들.

1963년 4월 25일에 쓴 일기장에는 커다랗고 거친 필체로 "난 도대체 뭘 원하는 거지?"라고 씌어 있다.

오늘의 나는 내가 원하는 걸 알고 있다. 나는 지금 내가 뭘 원하는지를 알기 위해 필요했던 모든 것을 경험했다. 나는 주의 깊게 깨어 있고자 하고 세상의 증인이 되고자 한다. 그러나 더 이상 모든 걸 책임지지는 않으려 한다.

그 무렵 나는 어릴 적 읽었던 괴테의 《젊은 베르테르의 슬픔》을 다시 읽었고, 베르테르가 친구 빌헬름에게 써 보낸 말을 일기장에 적어놓았다.

내가 바보만 아니라면 더할 수 없이 멋지고 행복한 생활을 할 수 있을 텐데…. 사람의 마음을 즐겁게 하는 데 지금 나를 둘러싼 환경만큼 아름다운 조건들을 갖추기도 쉽지 않을 거야. 아, 행복이 마음에 달려 있다는 것만큼은 분명한 사실이네.

스무 살, 마음은 미성숙하고 우유부단하다. 뭔지 모를 동경으로 가득해 행복할 때도 행복하다는 걸 느끼지 못한다. 나중에 행복을 잃어버리고 나서야 비로소 예전에 행복했다는 걸 깨닫는다. 네덜란드 작가 마르흐리트 더 모르Margriet de Moor의 소설은 "난 (과거에) 행복한 여자였다."라는 기발한 문장으로 시작한다.

이제 나는 행복이 우리가 절망적으로 추구해야 하는 어떤 '상태'가 아니라는 걸 알고 있다. 행복은 늘 순간이라는 걸! 나는 그 순간을 알아차리고 누리는 법을 배웠다. 인생의 행복은 행복한 순간들의 총합으로 이루어진다. 지금의 나는 이런 행복에 스무 살 때보다 훨씬 더 가깝다.

아, 정말이지 청춘이 좀 나중에, 우리가 좀 더 영리해지고 나서 찾아온다면 좋을 텐데 말이다. 나는 청춘을 남자애들에게 낭비해버렸다! 학창 시절은 끝이 없는 듯했고 대학 시절은 무진 힘이 들었다. 지혜의 탑들은 무한히 먼 곳에 있었고, 돈은 없고, 쥐꼬리만 한 급료를 받고 아르바이트를 했다. 대학교 기숙사는 열악했으며 세미나 과제는 힘들었다. 1968년은 아직 그랬다. 이렇게 살다가 어떤 직업을 갖게 될지, 언제 비로소 직업을 갖게 될지 불안했다.

그러고 나서 설레는 프리랜서의 삶이 이어졌다. 제대로 세어봤더니 나는 스물세 번 이사했다. 여덟 도시에서 스물세 개의 집을 전전했다. 그때마다 다른 파트너들, 이별과 새로운 시작들. 정말 고달픈 여정이었다. 몇천 권의 책을 꽂기 위해 그 시간 내내 이케아 빌리 책장과 함께했다. 이사할 때마다 새집에 맞춰 책장을 톱질하다 보니 어느 순간 책장은 더 이상 옮길 수 없는 상태가 되어버렸다.

지금 쓰는 책장은 목수가 짜준 꿈의 책장이다. 늙어서, 적절한 때에 그런 책장을 갖게 되었다! 나는 뿌듯한 시선으로 그 책장을 바라본다. 아주 멋지다. 높고, 간격도 적절하고, 튼튼하고, 위에서 조명이 들어오며, 사다리가 있어 높이 있는 책들도 꺼낼 수 있다.

나는 왜 이런 행복을 칠십을 훌쩍 넘기고서 누리게 되었을까? 칠십이 넘어서야 비로소 그렇게 할 수 있는 시간과 돈이 생겼고, 수천 권의 책을 죄다 꺼냈다가 다시 꽂을 용기가 생졌기 때문이리라.

병마가 나를 비껴가지는 않았지만 나는 그런대로 병을 잘 이겨냈다. 어린 시절부터 아픈 게 뭔지 나는 잘 알고 있다. 그래서 거기에 매몰되지 않는 법을 배웠다. 누워 있다가 심호흡을 하고, 일어나서 계속 살아가기.

나는 종종 죽음과 조우했다. 친구들도 죽고 키우던 동물들도 죽었다. 강아지들과 고양이들을 비롯해 많은 이별이 있었다. 그리고 언제나 새로운 시작들이 있었다. 지금까지 그래왔다. 여든 살이 되면서 다시 한번 강아지를 입양했다. 그리고 내게 무슨 일이 일어나면 그 강아지를 어떻게 할지 미리 조율해두었다.

나의 가장 친한 친구는 나보다 스무 살 어리다. 나의 모든 친구가 나보다 어리다. 나의 파트너 역시 나보다 훨씬 어리다. 일부러 어린 사람들을 사귀려 했던 것은 아니다. 어쩌다 보니 그냥 그렇게 되었다.

내게 무슨 일이 있으면 친한 친구가 강아지를 맡아줄 것이다. 파트너에게 맡길 수도 있지만 그는 음악가라 악보에 몰두하고 있으면 강아지에게 밥 주는 걸 잊어버릴 것이다. 자기 입에 들어가는 것도 챙기지 못하는 사람인데 어련하겠는가. 강아지에겐 새로운 주인이 필요할 것이고 이미 준비되어 있다.

실수 뒤에도 삶은 계속된다

나는 여기 앉아 숨을 쉬고 있다. 그리고 늙어간다.

늙어간다는 것은 그저 목숨이 붙어 있다는 의미만은 아니다. 아주 평범한 삶의 한 부분일 뿐이다. 그리고 생각만큼 나쁘지도 않다. 오히려 젊었을 때가 더 힘들었다. 나는 아무런 준비도 하지 못한 채 젊음으로 나아갔지만 나이 듦은 한 걸음 한 걸음 천천히 다가왔다. 늙어간다는 생각을 되도록 하지 않는다 해도 늙으면 무엇이 기다리고 있을지 누구나 대충은 짐작할 수 있다.

이탈리아의 법철학자이자 정치사상가인 노르베르토 보비

오Norberto Bobbio는 《노년에 대하여》De senectute라는 책에서 이렇게 말한다.

> 노년의 삶은 인생관과 밀접한 관련이 있다. 나이가 들어서도 삶에 대한 태도는 당신이 삶을 어떻게 보느냐에 따라 달라진다. 삶을 꼭 올라야만 하는 가파른 산으로 보는가, 아니면 몸을 담근 채 천천히 헤엄쳐 나아가는 넓은 강처럼 보는가, 아니면 어떻게 벗어나야 할지 알지 못한 채 헤매는 빽빽한 숲으로 보는가. 당신은 인생을 어떻게 보는가.

나는 이 세 가지 관점 모두 마음에 든다. 나는 이 모든 길을 잘 알고 있다. 젊었을 적, 인생은 내 앞에 가파른 산처럼 서 있었고 나는 그 산을 오르는 좁은 길을 오랫동안 찾아 헤맸다. 그리고 대학에서 공부를 하면서 비로소 알았다. 그래, 이 길로 가자!

그 후 인생은 정말로 강처럼 흘러갔다. 사방에서 사람들과 기회들이 왔고 몇십 년간 흘러가고 채워지는 느낌이었다. 그러다 몇몇 잘못된 결정을 내렸고 그로 인해 쓰디쓴 결별을 해야 했으며, 일에서도 사생활에서도 잘못된 길을 걸었다. 그

시기에 인생은 헤매며 고군분투해야 하는 어두운 숲과 같았다. 다시 밝은 데로 나오기까지 그러했다.

하지만 이 모든 일이 나에게 가르쳐준 것이 있다. 인생은 실수의 연속이며 그 모든 실수가 끝나면 인생도 끝난다는 것이다. 실수 뒤에도 삶은 계속되고 언제나 다른 길과 출구가 있다. 그러니 때로는 모든 것을 내려놓고 아무것도 할 필요가 없다는 것도 배웠다.

영화감독이자 소설가인 내 친구 도리스 되리Doris Dörrie는 이 점을 정말 멋지게 표현했다.

> "인생, 뭐 있어? 풀밭에 그냥 털썩 몸을 던져버리지 못할 일이 뭐가 있냐고!"

미국의 시인 로버트 프로스트Robert Frost가 1915년에 발표한 유명한 시를 모두가 알 것이다. 바로 〈가지 않은 길〉이라는 시다. 시에 한 방랑자가 등장하는데 그는 말하자면 자아, 즉 서정적 자아라 할 수 있다. 그가 숲속 갈림길 앞에 서 있다. 두 길 모두 아름다워 보인다. 그는 한쪽 길을 가기로 결정하고, 잠시 후 그 결정을 후회한다. 다른 길을 가는 것이 더 좋지 않았을까? 그 길이 더 아름답지 않았을까?

어떤가? 정말 무익한 생각이다! 결정은 내려졌다. 결정을 하고 나면 다른 가능성은 배제된다. 설사 그 결정이 잘못된 것이었더라도 나중에 그것을 견딜 수 있어야 한다. '그때 이러이러하게 했더라면 어땠을까?' 하는 생각은 무의미하고 쓸데없다. 호르헤 루이스 보르헤스Jorge Luis Borges처럼 해석하지 않는다면 말이다. (다음 글은 보르헤스의 글이 아닐 수도 있다. 그가 쓴 것이 아닌데 그의 문장으로 잘못 알려져 있을 수도 있다.)

인생을 다시 한번 살 수 있다면
다음 생에 나는 더 많은 실수를 저지르리라.
완벽을 도모하지 않으리라.
더 긴장을 풀고 살리라.
이번 생에서보다 또라이 짓을 더 많이 하리라.
그렇게 많은 것에 전전긍긍하지 않으리라.
건강에도 덜 신경을 쓰리라.
더 많은 모험을 하고, 더 많이 여행하고,
더 자주 저녁노을을 바라보리라.
더 많이 산에 오르고, 더 많이 강에서 헤엄치리라.
나는 삶의 매 순간을 생산적으로 보내려는
저 똑똑한 사람들 중 하나였다.

물론 기쁨의 순간들도 누렸다.
하지만 다시 한번 시작할 수 있다면
나는 이런 좋은 순간들을 더 많이 가지리라.
인생이 이런 순간들로 이루어진다는 것을,
단지 순간들로만 이루어진다는 것을
아직 알지 못한다면
지금 이 순간을 잊지 말라.
다시 살 수 있다면 나는
봄부터 늦가을까지 맨발로 걸어 다니리라.
아직 내 앞에 살날들이 있다면
아이들과 더 많이 놀아주리라.
그러나 보라. 나는 여든다섯 살이고
곧 죽게 되리라는 걸 알고 있다.

늘 '어떠어떠하게 했더라면 어땠을까'라는 후회로 애태우는 사람들이 있다. 그들은 그릇된 결정과 상실, 길을 잘못 들었던 일, 인생에서 만났던 불행을 넘어서지 못한다. 꿈속에까지 쫓아와 그들을 사로잡고 우울하게 만드는 부정적인 것들이 늘 있다. 그런 사람들에게 나는 방향을 바꾸어 인생에서 일어난 멋지고 좋았던 일들을 떠올려보라고 권한다.

인생, 뭐 있어?

풀밭에 그냥 털썩

몸을 던져버리지 못할 일이

뭐가 있냐고!

늙어가는 일에는
용기가 필요하다

25년간 창의적이고 행복한 결혼 생활을 함께했던, 그 괜찮은 남자를 만나지 않았더라면 어떻게 되었을까? 나는 책 덕분에 노후에 돈 걱정 없이 살고 있는데, 책으로 이런 멋진 성공을 거두지 않았더라면 내 삶은 어떻게 되었을까? 내 삶에 대한 나의 기본 감정은 '상실'이 아니다. 나의 기본 감정은 '감사'다.

내가 체감하는 내 나이는 법적 나이를 훨씬 밑돈다. 요즘 예순은 옛날로 따지면 마흔이라고들 하는데, 그렇다면 내 경우 여든은 새로운 예순이라고 할 수 있을까? 잘 모르겠다. 이 역시 그다지 큰 의미는 없는 슬로건이니까.

엘리아스 카네티Elias Canetti◆는 "당신은 언제부터 노인일까? 내일부터다."라고 말했다. 머리로는 알고 있다, 내가 여든이 넘었다는 걸! 하지만 나는 그보다 스무 살은 젊은 느낌이다. 나는 육십인 것처럼 생각하고, 살고, 사랑하고, 말하고, 일하고, 움직인다. 스스로를 속이려는 것이 아니다. 그냥 그렇게 되고 있다.

이탈리아의 시나리오 작가이자 소설가인 엔니오 플라이아노Ennio Flaiano는 말한다.

"당신이 얼마나 늙었는지 알고 싶다면 호텔 거울을 봐."

의학의 진보와 문화의 발전은 오늘날 우리가 실제보다 더 젊게 느끼도록 해준다. 하지만 지독한 가난 속에서 많은 자녀를 데리고 처절하게 살아가는 아프리카 마을의 어머니들은 어떨까? 남녀 차별 정책으로 교육을 받지도 못하고 사회에서 제 목소리를 내지도 못하는, 히잡을 쓴 아프가니스탄의 소녀들과 여성들은? 서구 사회에서 힘든 육체노동을 하며 주거 불안과 생계 불안에 시달리는 이들도 실제 나이보다 자신이 더 젊다고 느낄까?

나는 운이 좋았고 기회와 가능성이 있었다. 나는 특권을

◆ 불가리아에서 태어나 독일어로 활동한 영국 작가.
노벨 문학상을 수상했다.

누렸으며 지금도 이런 생각의 유희를 하고 있다. 그러므로 나이가 어떠하니 어떠할 것이라고 함부로 말할 수 없다. 우리가 몇 해를 살았는지는 중요하지 않다. 삶의 질, 사회적 위치, 주변 환경이 중요하다. 어느 나라에서 어떻게 살아가는지가 중요하다.

나탈리 블로엘Nataly Bleuel은 《차이트》ZEIT에 기고한 〈우리는 왜 실제 나이보다 젊게 느끼는가〉Warum fühlen wir uns jünger, als wir sind?라는 글에서 이렇게 썼다.

불행은 늙게 만든다.
스트레스는 늙게 만든다.
가난은 늙게 만든다.
비교는 늙게 만든다.

내가 살아온 삶이 바로 나다. 내가 기억하는 것이 나다. 기억은 내면으로 이어진다. 나는 내가 어떤 사람이 되어, 무엇을 하며, 어떻게 살고 싶었는지를 안다. 아, 키에르케고르의 아름다운 문장은 이러하다.

'지금의' 내가 '되고 싶던' 나에게 서럽게 인사하는구나.

이제 나이가 많이 들어 나는 나와 화해했다. 더 이상 어떤 다른 사람도 되고 싶지 않다. 전에는 달랐다. 나는 좀 더 평온하고 인내심 있는 사람이 되고 싶었다. 하지만 그렇게 되지 못했다. 무조건 1년을 뉴욕에서 살고 싶었다. 이미 집도 구했는데 그만 사랑에 빠져서, 그냥 여기 남았다.

잘못한 건가? 다 지난 일인데, 어찌 알까…. 나의 가장 정열적인 사랑은 짝사랑으로 남았고, 그 때문에 거의 절망할 뻔했다. 돌이켜보면 그렇게 된 것이 얼마나 다행이었는지. 그 관계가 계속되었더라면 나는 아마도 망가졌을 것이다.

나는 실연을 딛고 일어섰다. 아, 내가 그처럼 정열에 뒤도 안 돌아보고 빠져드는 사람이 아니었다면 얼마나 좋았을까. 나이 드는 건 이런 면에도 도움이 된다. 미소 짓고 계속 나아갈 수 있다. 몇몇 일은 돌이킬 수 없이 지나가버렸다. 그러나 내 지혜로운 친구 기젤라는 얼마나 멋지게 말하는가.

"가져봤던 경험은 갖고 싶은 마음에서 지켜주지."

방금 마가렛 로렌스Margaret Laurence가 쓴 소설《불속의 사람들》의 주인공 스테이시의 문장과 우연히 조우했다.

> 이제 나는 삶이 끝날 때까지 나 자신으로 살게 될 거라는 걸 안다.

자기 자신과 화해하는 것은 정말 멋진 감정이다.

우리에겐 시간이 한정되어 있다. 독일의 소설가 장 파울Jean Paul은 이렇게 썼다.

> 우리가 태어나자마자 저 위에서 운명이 영원으로부터 죽음의 활시위를 당긴다. 그 화살은 우리가 숨 쉬는 내내 날아온다. 화살이 도착하면 우리는 멈춘다.

의미와 완성에 대한 얼마나 아름다운 이미지인지! 내 귀엔 때때로 벌써 화살이 날아오는 소리가 들린다. 하지만 그런 다음에는 다시금 화살이 아직 먼 곳에서 천천히 날아오는 것 같아 보이는 날들이 있다. 대부분의 날들에는 화살에 대해 아예 생각하지 않고 산다.

우리 모두가 그렇듯 보통은 사느라 바빠서 죽음을 생각할 겨를이 없다. 나는 그 멍청한 '워크라이프 밸런스'Work-Life-Balance라는 말을 좋아하지 않는다. 그게 뭐란 말인가? 라이프 이즈 워크Life is work, 삶은 곧 일이다. 밸런스라는 말에는 종종 끔찍한 추신이 따라붙는다. 재충전을 위해 '정신줄을 흔들흔들 매달아놓아야' 한다는 것이다.

그러나 부디 결코, 정말로 어떤 상황에서도 정신줄을 그렇게 흔들흔들 매달아놓고 있지 마라. 정신줄을 꽉 붙잡고 있어라. 정신은 아주 소중한 것이다. 그러니 정신을 그렇게 무의미하게 방치해두지 마라. 방치해둘 사람이라면 여기서 곧장 읽기를 멈춰라! 그보다는 톨스토이를 읽어라.

톨스토이는 이렇게 썼다.

> 정신을 귀중한 씨앗처럼 뒤편 땅에 던져라. 어디가 되었든 상관없다. 그리고 이제 그 씨앗이 싹을 틔우고 자라는지 초조하게 돌아보지 말라.

우리의 정신은 싹을 틔우고 자랄 것이다. 우리가 죽은 다음에라도 그렇게 될 것이다. 정신은 펼쳐지고 성장할 수 있어야 한다. 그렇지 않으면 우리는 블라디미르 나보코프Vladimir Nabokov◆가 《루신의 변호》The Luzhin Defence에서 "꽁꽁 감긴 실뭉치 같은 영혼을 가진" 사람이라 묘사한 체스 선수 루신처럼 불행해질 것이다.

나는 포스트모더니즘을 싫어했고, 지금도 그러하다. 포스

◆ 러시아계 미국인 작가로 20세기 영문학을 대표하는 인물 중 한 명이다.

트모더니즘은 표면이 영혼의 깊은 곳보다 더 편안한 장소라고 말한다. 뭐, 편안할지는 모른다. 그러나 나이가 들면 낙관주의의 납작한 평면에서는 안전하게 다닐 수 없다.

철학자들과 작가들은 노년에 대해 많은 생각을 한다, 정치가들도 물론 그러하다. 인구통계학적으로 생각하고 계획을 세워야 하기 때문이다.

노년은 수천 년간 철학과 문학의 주제가 되어왔다. 노년에는 명랑하게 지낼 것을 권하는 세네카부터, 실비아 보벤셴 Silvia Bovenschen◆의 말을 인용해 "늙어가는 건 겁쟁이들의 일이 아니다."라고 말한 영화배우 베티 데이비스Bette Davis까지.

그렇다. 약간의 용기가 필요하다. 하지만 늙는 것의 대안은 무엇일까? 죽음? 죽음은 언젠가 반드시 올 것이다. 그러면 노년은 죽음을 기다리는 시간일까? 결단코 아니다. 돌아보면 인생은 하나의 긴 연극과 비슷하다. 연출을 떠올려본다. 마지막 막만 아직 남아 있다. 이 마지막 막이 어떻게 될지 궁금하다.

모든 이가 죽음 앞에 평등하다고들 하지만 죽음마저도 여러 모양이다. 죽음은 모든 이에게 올 테지만 굉장히 잔인하고 고독한 죽음에서부터 부드럽고 쉬운 죽음까지, 삶이 그렇듯 죽음도 평등하지 않다. 그러나 죽음은 처음부터 늘 테이블 앞

◆ 독일의 페미니스트 문학평론가이자 작가.

에 앉아 있다. 나이 든 사람뿐만 아니라 젊은이에게도 죽음이 얼마든지 닥칠 수 있다. 시인 라이너 마리아 릴케Rainer Maria Rilke는 그것을 알고 있었다.

> 죽음은 위대하다.
> 우리는 그의 웃는 입들.
> 우리가 인생의 한가운데 있다고 생각할 때
> 죽음은 우리 한가운데에서
> 울음을 운다.

그냥 그렇게, 마음 깊이, 두려움 없이 이를 상기하며 살아야 할 것이다. 루마니아 철학자 에밀 시오랑Emil Cioran은 《태어났음의 불편함》에서 이렇게 썼다.

> 죽음에 대해 생각하지 않을 때마다
> 나는 기만하는 느낌,
> 내 안의 누군가를 속이는 느낌이 든다.

〈프랑크푸르터 알게마이네 차이퉁〉Frankfurter Allgemeine Zeitung, FAZ에는 오랫동안 '당신은 어떻게 죽고 싶나요'라는 질문이 포함된 프루스트의 질문지가 실렸다. 구독자들은 이렇게 썼다.

'자다가 순식간에 가고 싶어요.'

'고통 없이 가고 싶어요.'

그 누구도 의료기기를 잔뜩 달고 고통스럽게 시간을 질질 끌면서 죽기를 원하지 않았다.

알다시피 우리 사회는 점점 고령화되고 있다. 여기서 열거할 수는 없지만 고령화에 대한 연구도 많이 나와 있다. 고령화에 대한 대책을 강구하는 것은 정치인들의 일이다. 우리 모두가 므두셀라Methuselah◆가 되기를 원할까? 이미 연구되고 있는 불멸이 목표일까?

물론 나는 그렇지 않다. 1927년에 초연된 레오시 야나체크Leoš Janáček의 오페라 〈마크로풀로스 사건〉Véc Makropulos은 이런 주제를 다룬다.

신성로마제국 황제 루돌프 2세의 주치의였던 히에로니모스 마크로풀로스는 생명을 연장해준다는 묘약을 개발한다. 우선은 수명을 300년으로 연장하는 것이 목표다.

마크로풀로스는 딸 엘리나를 대상으로 그 약을 시험해본

◆ 성경에서 가장 오래 산 사람으로 기록된 인물로 노아의 할아버지.

다. 이제 엘리나는 300년간 늙지도 않고, 계속 사랑하고, 계속 이별을 한다. 그 모든 것은 무진장 괴롭다. 300년 뒤에 엘리나가 드디어 죽을 수 있게 되었을 때 죽음은 그녀가 고대하던 구원이었다.

〈마크로풀로스 사건〉은 관객들에게 인생이 유한한 것이 얼마나 소중하고 의미 있는 일인지를 절절히 느끼게 해준다. 이 오페라가 보여주는 또 한 가지는 이것이다. 점점 발전하는 의학으로 말미암아 수명이 더 연장될지도 모른다. 하지만 길어진 삶에 의미를 부여할 만한 방법들이 우리에게 있는가?

나는 뮌헨과 베를린에서 비교종교학을 공부했다. 다양한 종교에서 죽음을 바라보는 시각들을 간단히 요약해보면 이러하다.

힌두교도에게 죽음은 또 하나의 단계, 즉 새로운 실존으로 옮겨 가는 것일 따름이다. 유대인들은 이렇다 할 조사도 없이 부리나케 장례를 치러버린다. 무덤에 꽃보다는 묘석을 놓는다. 죽음은 그저 죽음일 뿐 삶이 중요하기에 조력 사망(안락사)이나 자살은 용인하지 않는다.

무슬림에게 삶은 영원한 낙원에 들어가는 앞뜰에 불과하고, 기독교인들은 몸은 죽지만 영은 계속 산다고 믿는다. 불교도들에게 생명은 결코 끝나지 않는다. 영원한 윤회 속에서 영원히 환생하기 때문이다.

내게 죽음은 우리 삶에 구조와 의미를 부여하는 것이다. 시작과 끝은 명확히 정의되어 있다. 그사이에서 삶이 펼쳐지고, 삶을 펼쳐나간다.

그렇다면 신은? 신은 자두나무 오른편에 있다는 이야기를 어디선가 읽었다. 그럴 수도 있다. 엘리아스 카네티는 평생 죽음을 거슬러 생각하고 글을 썼다. 그는 죽음이 궁극적인 끝이 되기를 원하지 않았다. 그는《죽음에 대항하는 책》Das Buch gegen den Tod에서 "아주 구체적이고 진지한 내 인생의 목표는 인간의 불멸을 보는 것이다."라고 적었다. 하지만 타계하기 2년 전인 1992년, 여든일곱의 나이에 이렇게 썼다.

> 나는 죽음에 거스르려는 나의 싸움보다 더 천박하고, 진부하고, 하찮고, 더 선동적인 것은 없음을 차츰 깨닫고 있다. 그 일이 부끄러워지기 시작했지만 그럼에도 그 싸움을 부단히 지속하고 있다.

그보다 10년 전에 이미 카네티는 이렇게 썼다.

> 물론 나는 고함 지르지 않고 따를 것이다. 다르게는 안

> 되기에. 하지만 죽음을 축복하지는 않으리라. 그리고 맹세하노니 마지막에도 내세를 약속하는 종교에 귀의하지 않으리라.

나도 그렇게 하지 않을 것이다. 무엇보다 나는 내세를 믿지 않기 때문이다. 예전에(지금도 여전히?) 사람들은 불행한 이들에게 현세의 눈물 골짜기를 견디기만 하면 내세에서는 풍성한 상이 주어지리라 이야기했다. 그런 말을 어찌 믿을 수 있을까. 유한성에 대한 두려움, 영원에 대한 동경. 이는 위로를 준다. 나는 이런 두려움도 동경도 가지고 있지 않다.

알베르트 아인슈타인은 이렇게 말했다.

> 인생을 살아가는 방법은 두 가지뿐이다.
> 아무것도 기적이 아닌 것처럼 살거나
> 모든 것이 기적인 것처럼 살거나.

내가 살아온 삶이 바로 나다.

내가 기억하는 것이 나다.

우리는 왜 삶이 끝난다는 걸 받아들이지 못할까?

물론 모든 것이 기적이다! 나는 천상의 낙원에서의 행복도, 계급 없는 사회라는 의미의 지상 낙원도 믿지 않는다. 공산주의자들은 여전히 꿈꾸는 것이겠으나 우리는 어차피 그렇게 되지 못한다.

나는 헤겔을 믿는다. 헤겔은 신앙의 확신에 의문을 제기하고 내세를 바라지 않는 이성적인 세계관을 가질 것을 충고했다. 그리고 나는 시인들을 믿는다. 내 일기장에는 호르스트 비에넥Horst Bienek의 짧은 시 한 편이 적혀 있다.

단어들,

나의 낙하산들.

너희와 함께

나는 뛰어내린다.

나는 깊은 곳을

두려워하지 않는다.

너희들에게 진정 마음을 여는 자,

둥실 떠다니리.

고트프리트 벤의 시 〈절망〉Verzweiflung의 마지막 연은 이러하다.

그대◆는 어디에나 있다.

마지막 시간에

그대는 다시 한번 모든 것에 열린다.

그대는 차오르고 또 차오른다.

그런 다음 또 하나의 노래가 나타나

그대를 놀랍게 명중시켜

그대는 저편으로 가라앉는다.

존재의 의미를 깨닫고, 침묵한다.

◆ 여기서 '그대'는 절망을 말한다.

영화감독 페데리코 펠리니Federico Fellini 영화의 대본을 쓴 뛰어난 시나리오 작가이자 내가 늘 위로를 얻는 이탈리아 작가 엔니오 플라이아노는 이렇게 묻는다.

> 단 하루가 우리에게 아무것도 남아 있지 않음을 알려준다면 그 많은 해를 살았다는 것이 무슨 의미가 있을까?

저널리스트 스벤 쿤체Sven Kuntze는 《젠틀맨처럼 나이 들기》 Altern wie ein Gentleman에서 영원보다는 당장 가까운 시간에 대해 생각한다. 그는 이렇게 말한다.

> 불멸은 인류의 머나먼 목표일지도 모르겠다. 하지만 우리 세대의 소망은 훨씬 소박하다. 최근의 중요한 두 가지 의제는 간호간병보험을 통해 말년에 독방에 갇혀 살지 않는 것과 자살이(안락사가) 인간의 권리로 인정되는 것이다.

브라보! 프랑스 여배우 파니 아르당Fanny Ardant은 어느 인터뷰에서 늙어간다는 사실이 힘들게 다가오지 않느냐는 질문에 이렇게 대답했다.

> "네, 우리는 사형 선고를 받았어요. 하지만 단두대에 질질 끌려가지 않을 거예요. 당당하고 꼿꼿한 걸음으로 그곳으로 나아갈 겁니다."

피를 몽땅 젊은 피로 교환하거나 불멸에 대한 연구가 약간 더 진행된 미래에 다시 깨어나도록 스스로를 냉동시킨다든가 하는 이야기들은 좀 당황스럽다.

사람들은 왜 삶이 끝난다는 걸 받아들이지 못할까? 영원히 살지 않아도 된다는 사실은 위안이 되지 않는가? 실존의 유한성은 70년, 80년, 90년, 우리에게 주어진 유한한 시간 동안 뭔가를 하고자 하는 원동력이 된다. 언젠가 우리 모두 죽는다는 사실은 언제나 내게 삶의 자극으로 작용했다.

엔니오 플라이아노는 "내 삶은 날것 그대로의 버전이다."라고 말하며 이렇게 썼다.

> 다시 한번 새롭게 시작할 수 있다면 몇몇 실수는 피할 수 있겠지. 하지만 성격은? 성격 때문에 또다시 새로운 실수를 저지르지 않을까? 아마도 더 미묘한 실수, 가령 지금 내가 저지르는 실수처럼 삶을 좀 바꿔볼 수 있지 않을까 생각하는 교만의 실수를 범하지는 않을까? 인생

에 의미가 있다면(뭐, 의미는 없지만) 그 의미는 바로 즉흥
적으로 저지른, 거친 실수들의 총합으로 이루어지리라.

결국 우리 삶은 다가오는 뭔가를 위한 리허설이 아니다. 현재가 바로 인생 자체다. 현재를 잘 활용하자. 하지만 오늘날 모든 것은 더 오래 사는 데 초점이 맞춰져 있다. 수명을 연장하고 자연적인 한계를 늦추고자 한다.

의학이 발전하면서 사람들은 점점 더 오래 산다. 이는 우리가 질병과 노쇠, 치매를 더 오래 견뎌야 한다는 의미이기도 하다. 심장이 계속 뛰고 있다는 이유로 말이다. 그것이 가치 있는 일일까? 우리 모두는 이런 질문에 스스로 대답해야 할 것이다.

살면서 세 번, 강력하고 충격적으로 다가왔던 순간들이 선명하게 기억난다. 첫 번째는 내가 부지불식간에 거울에 비친 내 모습을 보고 '저 늙은이가 나구나!' 하고 깨달은 순간이다. 두 번째는 내가 처음으로 밝은 바닥에 드리운 내 그림자를, 어디든 따라다니는 내 그림자를 알아보았던 순간이다. 그때 나는 그 모습을 공포스럽게 거부했었다. 마지막 세 번째는 내가 언젠가는 세상에 있지 않으리라는 걸 처음으로 실감한 순간이다.

1956년이었다. 나는 열세 살이었고 할아버지가 돌아가시는 모습을 보았다. 나는 생각했다. 그래, 할아버지는 나이가 많으시니 돌아가실 때가 되었어. 할아버지의 침대 가장자리에 앉아서 나는 생명이 할아버지를 천천히 떠나는 것을 목격했다. 그러고는 처음으로 이런 생각이 들었다. 나도 늙겠구나. 나아가 더 안 좋게는, 나도 죽겠구나. 그 순간 어떤 차가운 손이 내 가슴을 짓누르는 듯한 느낌이 들었다.

죽는다는 생각을 하는 건 끔찍해서 사람들은 그것을 밀어낸다. 하지만 세월이 흘러가면서 그런 생각은 끔찍함을 잃어버리고, 노년이 되면 그런 생각은 갑자기 위로가 된다. 나는 이제 그런 생각이 친구처럼 생각된다. 오스트리아의 극작가이자 시인인 후고 폰 호프만스탈Hugo Von Hofmannsthal의 운문극韻文劇◆ 〈바보와 죽음〉에서 죽음이 바보에게 전하는 멋진 독백의 의미에서 말이다.

> 대물림된 두려움을 떨쳐버려.
> 난 그리 끔찍한 존재가 아니야, 난 해골이 아니라고!
> 난 디오니스소와 비너스의 일족,
> 네 앞에 영혼의 위대한 신이 서 있는 거야.

◆ 운문으로 된 희곡. 괴테의 《파우스트》도 운문극이다.

포도주의 신이자 감각적 기쁨과 황홀경의 신인 디오니소스 그리고 사랑과 아름다움의 여신 비너스…. 이런 신화적 가문으로부터 죽음이, 영혼의 위대한 신이 온다는 것이다.

눈물 날 만큼 아름답다. 그리하여 나는 영혼의 위대한 신인 죽음이 다가오는 것을 보고 싶다. 그는 내게 부드럽게 손을 내밀 것이다.

나는 늙어가면서도 호기심을 잃지 않고 있다. 봐, 무릎이 더 이상 말을 안 듣네, 어라? 심장이 뛰는 소리가 들려. 그동안 한 번도 느낄 수 없었는데. 힘들게 계단을 올라갈 때면 무릎이 아프고 심장이 격하게 뛰어. 그래서 종종 미처 계단을 다 올라가지 못하고 한 번씩 앉아서 쉬곤 하지. 그럼 어때서? 앉으면 되지.

신문에서 방금, 아침에 일어날 때 가끔 느껴지는 어지럼증이 무해한 '양성 돌발성 체위성 현훈'이라는 걸 읽었다. 즉, '이석'이라 불리는 귓속 결정체가 내가 침대에서 벌떡 일어날 때 내 속도를 따라잡지 못해서 어지럼증이 발생한다는 것이다. 이석이 다시 자리를 잡는 속도를 맞춰줘야 하니 나는 조금 느리게 움직여야 한다.

나이 들면 정류장에서 마구 뛰어 출발 직전의 버스에 올라타는 일은 언감생심이고, 굽이 높은 구두는 더 이상 신지 못한다. 때로 뭔가를 잃어버리고, 뭔가를 어디에 잘 놓아두고는 어디에 두었는지 종종 기억이 나지 않으며, 자꾸 안경을 찾고 열쇠를 찾고 지갑을 찾아다닌다. 게다가 사람 이름은 왜 그리 떠오르지 않는지.

나는 이런 것들을 그리 방해로 느끼지 않는다. 열일곱 살 때는 이런 증상이 없었지만 나는 훨씬 더 어리석고 화를 잘 냈다. 요즘엔 더 많이 웃고 이제 나랑 엮일 일이 없는 잘생긴 젊은 남자들을 스스럼 없이 바라본다.

그럴 수 없었던 시절이 있었다. 이제 나는 그런 시간을 뒤로했다. 그 시간은 지나갔고 어떤 아쉬움도 없다. 나는 연애를 하는 대신 돋보기를 쓰고 연애 소설을 읽는다.

팔십이 되니 몸과 장기들이 마흔이나 쉰 때처럼 말을 잘 안 듣는 건 사실이다. 여기에 적응해야 한다. 약간 덜 움직이고 조금 더 느리게 움직여야 한다(아리스토텔레스는 신체는 35세에 완성되고 정신은 50세에 비로소 완성된다고 했다).

나이 들면 잠을 잘 못 이룬다. 우리는 밤에 말똥말똥 깨어 이런저런 생각을 곱씹는다. 다른 나이 든 이들과 이야기해보니 다들 그렇단다. 우리는 밤 3시에서 5시 사이에 눈을 떠 한참을 깨어 있는다. 물론 잠들기 위해 뭔가 조치를 취해볼 수도 있을 것이다. 하지만 나는 이런 시간을 활용하기 시작했다.

나는 속으로 헤아려본다. 내가 그간 얼마나 많이 이사를 다녔지? 몇 집을 이사했고 그 집들의 주소를 다 외우고 있나? 동물은 몇 마리를 키웠지? 이름은 뭐였지? 시를 암송하거나 다음 열흘간 무얼 할지, 지난 열흘간 뭘 했었는지를 생각한다.

그러다 보면 다시 까무룩 잠이 든다. 깨어 있는 걸 고통이자 잘못된 일이라 여기지 않으면 그 시간도 아주 좋을 수 있다. 밤에, 따뜻한 침대에서, 발치에는 강아지가 누워 있고(그렇다! 위생의 맹신자들은 입을 다물어주길!), 밖에선 비 내리는 소리가 들린다. 올빼미 소리도 들린다. 아주 아늑하고 고요하고 평화롭다.

잠이야 모자라면 오후에도 잠깐 눈을 붙일 수 있지 않은가. 나는 늙은이고 8시에 출근하지 않아도 된다. 하지만 잠이 오지 않는 밤에 걱정과 두려움이 더 커지는 것은 사실이다. 통증도 더 심해진다. 우리는 나이 들어가는 현상에 맞서 긍정적으로 사고할 힘이 필요하다. 다만 이런 밤들에 자기기만은 통하지 않는다. 그러나 괜찮다. 아침이면 또 날려버리고 계속 숨 쉴 수 있으니까!

독일의 철학자 에른스트 블로흐Ernst Bloch는 《희망의 원리》에서 몸이 쇠약해지는 과정을 이렇게 적었다.

> 몸은 더 이상 예전처럼 빠르게 회복되지 않고, 뭘 해도 힘이 두 배로 든다. 일은 더 이상 예전처럼 순발력 있게 진행되지 않고, 경제적 불안은 전보다 더 무겁게 마음을 짓누른다.

하지만 희망의 원칙은 이러하다.

> 전체적으로 볼 때 노년은 이전 모든 삶의 단계에서처럼 특유의 유익이 있어, 이전 삶의 단계와의 결별을 상쇄해 준다.

그렇다. 어떤 나이에도 우리는 뭔가를 잃고 또 뭔가를 얻는다. 유년 시절 우리는 세상을 알아가기 시작하면서 동시에 차츰차츰 천진한 매력을 잃어간다.

청소년기에 우리는 첫사랑의 아픔과 신체 변화를 겪지만 이를 감당할 수 있는 힘도 선사받는다. 성인기에 이르러 우리는 직업적 성취를 하고 생활 방식을 확립해가지만 경쾌함을 잃어간다.

그렇게 노년까지 계속된다. 노년도 나름의 제약과 함께 유익을 동반한다. 이 모든 것은 순환이다. 순환이 우리의 삶에 의미를 부여한다. 탄생으로 순환이 열리고, 죽음으로 순환이 맺어진다.

> 어쨌든 죽음으로써 대가를 치러야 한다면
> 삶은 커다란 특권임에 틀림없다.
>
> _임레 케르테스Imre Kertész, 헝가리 소설가

프랑스 작가이자 철학자 시몬 드 보부아르Simone de Beauvoir는 500쪽에 이르는 그의 책 《노년》에서 노년기에 감소하거나 증가하는 특성을 열거한다. 보부아르에 따르면 시력, 청력, 민첩성, 기억력, 열정, 역동성, (놀랍게도!) 사교성(완고하고 고집이 세어진다!)은 감소한다. 하지만 분별력과 일상의 규칙성, 선한 의지, 집중력, 인내심은 더 증가한다.

누군가는 노년에 중요한 세 가지 개념이 소유, 사랑, 존재라고 했다. 이는 무슨 의미일까?

소유

소유는 에른스트 블로흐가 '경제적 불안정'이라고 말한 의미에서다. 노년의 삶이 힘겹지 않으려면 재정적으로 안정되어 있어야 한다.

사랑

사랑은 가족과 친구들, 함께 어울려 살아가고 필요할 때 곁에 있어줄 수 있는 동행들이 필요하다는 의미다. 노년에는 관계에 대한 열정이나 정열은 줄어들지만 대신 더 침착하고 성실하게 관계를 돌본다.

존재

사람은 자신이 어떤 사람인지 스스로를 정의한다. 어떤 사람인가 하는 것은 자신이 무엇을 하는 사람인가라는 의미이기도 하다. 그냥 하는 일 없이 앉아 죽음만 기다리면서, 자신이 이 모양으로 사는 건 다른 사람 탓이라며 허구한 날 신세한탄하는 것은 제대로 사는 게 아니다. 젊은 시절 우리가 미래를 꿈꾸었던 것처럼 노년에 과거를 떠올리며 기억을 미화할 수도 있다. 그러다 보면 갑자기 '옛날엔 모든 것이 좋았어'가 된다.

생각해보라. 그런 생각은 착각이다! 미래는 하늘에서 뚝 떨어지는 어떤 비현실적인 것이 아니라 우리 안에 존재하는 것이다. 늘 우리 안에 존재해왔던 것이다.

뭔가를 하고, 움직이고, 자신의 삶을 적극적으로 만들어가다 보면 그냥 하루를 때우듯 살아가는 삶이 아닌 충만한 삶을 살 수 있다. 물론 건강하다면 말이다. 그리고 감히 주장하건대 뭔가를 해서보다는 아무것도 안 해서 병에 걸리는 경우가 더 많다고 나는 생각한다.

'늙어가기'라는 새로운 역할을 받아들여야 한다

우리는 행동해야 하고 '늙어가기'라는 새로운 역할을 받아들여야 한다. 프랑스 작가 앙드레 모루아André Maurois는 이렇게 말했다.

> 늙는 것은 좋지 않은 습관으로, 바쁜 사람은 그런 습관을 들일 짬이 없다.

내가 이 문장을 쓴 날, 신문에서 기타리스트 키스 리처즈Keith Richards가 (젊었을 때 마약을 많이 했는데도) 여든 살이 되었다는 기사를 읽었다. 그는 여전히 기타를 연주하며 살아 있는 전설로 불린다.

왜 전설이라고 하는 것일까? 이 멋진 노인은 여전히 튀는 복장을 하고 무대에서 매력적이고 거침없는 연주를 보여준다. 음악이 그의 직업인 것이다. 그는 "노년에 대한 두려움을 극복한 사람은 노년을 즐길 수 있다."라고 말한다. 그리고 그런 자신의 가치관을 이렇게 피력한다.

> "와인 한잔 곁들이지 않은 점심 식사나 저녁 식사는 너무 조촐하지 않니?"

내 말이 바로 그 말이다. 나는 일찌감치 조기 은퇴를 한 여성 둘을 알고 있다. 나보다 훨씬 젊은 사람들이다. 그들은 조기 은퇴를 해서 "판에 박힌 생활을 그만두고", "여생을 즐기겠다"고 한다. 한마디로 쉬겠다는 것이다. 하지만 무엇으로부터의 쉼이고, 무엇을 위한 쉼인가?

이제 이 똑똑한 여자들은 그렇게 앉아 30년이라는 세월을 앞에 두고 있다. 그들은 30년을 어떻게 보내야 할지 알지 못한다. 장롱을 정리하는 것도 하루이틀이다. 철학자 페터 슬로터다이크Peter Sloterdijk는 힘들여 뭔가를 할 수 있음이 특권임을 잊는 것은 타락이라고 말한다.

생각해보면 우리 인생에서 서른 살에서 예순 살까지 정말 많은 일이 있었다. 가족을 이루고 열심히 일하고 여러 가지 일들을 감당했다. 하지만 그러고 나면 경우에 따라 예순 살에서 아흔 살까지 다시 30년이 남는다. 이 세월 동안 그냥 쉬는 것이 우리를 행복하게 한다고?

나는 아무것도 하는 일 없이 편안히 지낸다는 이유로 누군가를 부러워하지 않는다. 달리 할 일이 없을 때 요산성 관절염 같은 것도 잘 찾아온다. 드디어 할 일이 없어지는 걸 왜 모두 동경하는지 이해할 수 없다. 물론 몸을 써서 힘들게 육체노동을 하고 있다면 쉬고자 하는 게 당연히 이해된다. 그러나 내 주변에 회사원으로, 교사로, 저널리스트로 일하는 사람들, 책상 앞에서 일하는 사람들, 지식인들은 아무 생각도 할 필요가 없는 게 그렇게 좋은 것일까? 그렇게 살면 좋을까? 분명히 그렇지 않다. 좌절감은 더 클 것이다.

이런 주제는 늙어감이라는 주제와는 또 다른 커다란 주제가 될 것이다. 곤차로프의 소설 《오블로모프》처럼 소극적인 사람들의 세계와 행동하는 사람들의 세계를 비교한다면 누가 옳은 쪽일까? 옳은 편은 과연 있을까? 우리는 넋 놓고 (마지막을) 기다릴 것인가, 아니면 볼테르의 캉디드처럼 정원을 가꿀 것인가? 나이 들면 드디어 어린 시절의 영향에서 벗어날 수 있을까? 나는 사람이 시대를 거슬러 살 수 없는 것처럼 자신의 본바탕을 거슬러 살 수 있다고 믿지 않는다. 그것을 아는 것만으로도 도움이 되지 않을까?

나는 엄살을 피우지 않으려 한다. 물론 허리도 아프고 눈도 더 나빠지고 치아도 흔들린다. 더 이상 무얼 더 기대할까?! 나는 우리의 의식, 우리의 생각이 노화 과정에도 영향을 미친다고 확신한다. 의식은 늙지 않는다, 몸만 늙을 뿐. 정신적으로 생동감을 유지하면 몸이 늙어가는 것에도 잘 대처할 수 있다. 때로는 모든 것이 빠르게 변해가고 움직이는 걸 보며 가슴이 서늘하고 겁이 날 수도 있다. 예전에도 그랬었나? 아니면 내가 느려진 걸까?

여든세 살의 여배우 에디스 클레버Edith Clever는 이렇게 말했다.

"내 주변의 이런 파렴치한 속도를 난 더 이상 견딜 수 없다."

정말 파렴치하다. 더 이상 아무것도 중요한 것이 없기에 아무것도 지속되는 것이 없고, 아무것도 끝까지 생각되거나 끝까지 실행되지 않기에 파렴치하지 않은가?

나는 뭐든 가짓수를 줄이고 집중하려 애쓴다. 신문 전체를 조급하게 훑어보지 않고 개별적으로 읽고 싶은 기사를 조용히 끝까지 읽는다. 텔레비전 리모컨을 이리 돌렸다 저리 돌렸다 하지 않고 영화나 다큐멘터리를 (스마트폰은 멀찌감치 팽개쳐놓은 채) 끝까지 다 본다. 중간에 자꾸 다른 일을 처리하려 일어나지 않고 책 한 권을 끝까지 다 읽는다. 그냥 앉아서 독서한다. 몇 시간 동안 자리를 잡고 앉아 라디오에서 중계해주는 연주회를 끝까지 다 듣는다. 발치엔 강아지가 있고 와인 한잔을 홀짝이면서.

더 이상 안식을 모르는 세상에 안식을 들여온다. 세상은 혼란스럽지만 적어도 나 자신의 세계에는 구조를 부여하려고 한다. 이는 도움이 될 수 있다. 나는 늘 '구조'라는 개념을 중시해왔다.

또 하나 중요한 것은 저지른 잘못에 대해 너무 마음 아파하지 않는 것이다. 실수들, 잘못된 결정들, 놓쳐버린 기회들. 의도하지 않았는데 이상하게 전개되어버린 일들. 이런 것들은 더 이상 바꿀 수 없다. 그냥 받아들일 뿐.

엄청 슬픈 문장이 떠오른다. 나이 든 작곡가 카미유 생상스Camille Saint-Saëns가 작가인 로맹 롤랑Romain Rolland에게 했다는 말이다.

"나는 미래였다."

과거와 현재, 다른 모든 것은 정말로 아무래도 괜찮았을까? 나보다 똑똑한 작가들, 세네카, 쇼펜하우어, 몽테뉴 같은 이들은 노년에 대해 뭐라고 썼을까?

몽테뉴는 노년을 "인생이라는 연극에서 가장 마지막의, 단연 가장 힘든 막"이라고 했다. 나는 그렇게 생각하지 않는다. 연극은 맞지만 자연스런 것의 무엇이 그리도 어렵단 말인가? 우리는 평생 그 막을 향해왔는데.

세네카는 "노년은 치료할 수 없는 병(불치병)"이라며 "늙음과 행복을 동시에 지닌 경우는 드물다."라고 했다. 나는 그렇게 생각하지 않는다. 나는 아주 행복한 노인들을 알고 있고 나도 그중에 속한다. 행복은 탁자와 의자를 껑충껑충 뛰어넘어 다니는 것이 아니라 만족하고 명랑한 것이다. 오늘날 노년이 곧 질병을 의미하는 것은 더더욱 아니다.

나는 오히려 쇼펜하우어의 말에 공감한다.

> 그냥 곱게 늙어가기만 하면 된다. 거기선 문제될 것이 없으니!

필립 로스Philip Roth는 늙음을 학살로 느꼈다. 아흔이 넘은 위대한 유럽인 세스 노터봄Cees Nooteboom은 늙음을 평온하게 받아들이지만 "세상에 존재하는 한, 세상은 우리를 가만히 놔두지 않는다."라고 말한다. 조앤 디디온Joan Didion은 자신의 책에서 이렇게 말한다.

> 간혹 다니는 병원에서 의사가 날더러 나이에 충분히 대비하고 있지 않은 것 같다고 말한다. 천만에, 난 이렇게 말하고 싶다. 사실 나는 늙어가는 것에 '전혀' 대비되어 있지 않다고.

나도 그렇다. 어떤 변화를 겪을지 결코 생각하지 못했다. 갑자기 여든이 되었고 다락방 서재까지 서른다섯 개의 계단을 오를 때 정말 엄청나게 숨을 헐떡거린다. 하지만 아직은 할 수 있다. 더 이상 못 오르면 방법을 찾을 수 있겠지. 그때 가서 어떻게 할지 아직은 생각하지 않고 있다. 조앤 디디온을 다시 한번 인용하자면 (77세에 쓴 《푸른 밤》에서) 그녀는 이렇게 말한다.

> 나는 활력 있게 남기로 스스로와 약속했다. (…) 활력을

잃어버리면 어떻게 될까. 사실 잘 알지 못했다. 활력의 비결이 무엇인지 알지 못했다.

나도 알지 못한다. 그러나 나는 생각한다. 되도록 움직이자. 무거운 신발을 좀 벗어버리고, 짐도 좀 내려놓자….

(무거운 신발이라는 이미지는 피에르 임하슬리Pierre Imhasly의 홍미진진한 작품 〈론 사가〉Rhône Saga에서 가져온 것이다. 임하슬리는 치기 어린 젊음에 대해 무조건 춤을 추되 "무거운 신발을 벗어서는 안 되는" 시기라고 썼다. 너무 가벼워서는 안 되지만 나이가 들고 나면 무거운 신발은 좀 벗어도 되지 않을까. 이제 충분히 깨달았고 무거운 신발을 신고 여기까지 걸어오며 충분히 춤을 추었으니.)

우리 삶은 다가오는 뭔가를 위한

리허설이 아니다.

현재가 바로 인생 자체다.

감정이 깃든 심장은 늙지 않는다

나는 나이가 우리의 적수라고 생각하지 않는다. 오히려 적수는 시간이다. 흐르는 시간, 너무도 속절없이 흘러가버리는 시간이다. 알베르트 폰 쉬른딩Albert von Schirnding✦은 그의 글 〈노인이여, 이제는 무얼 할까?〉Alter Mann,was nun?에서 이렇게 썼다.

> 시간은 폭풍이다. 우리는 시간이 황폐하게 만든 것을 통해서만 그를 알아챈다.

시간의 신 크로노스는 고대 그리스인들에게 가장 무서운

✦ 독일의 시인이자 수필가, 문학평론가.

신이었다. 자신의 자식들을 삼켜버린 크로노스는 종종 손에 날 선 낫을 든 모습으로 묘사된다.

로마 신화에서 시간의 신은 바로 토성이다. 당시 토성은 태양계에서 가장 멀리 있고 가장 느리게 도는 행성이었다. 시몬 드 보부아르는 토성에 대해 이렇게 말한다.

> 사람들을 토성을 차갑고 메마른 것으로 생각한다. 토성은 궁핍, 노쇠, 죽음과 연결된다. 점성학 문헌들에서 토성은 일반적으로 낫이나 삽, 괭이, 지팡이를 들고 목발을 짚은, 심술궂고 고통스러운 표정의 노인으로 묘사된다. 바로 노쇠함의 상징이다. 그는 나무 의족을 하고 있거나 거세되어 있다.

나는 후고 폰 호프만스탈이 대본을 쓴, 리하르트 슈트라우스Richard Strauss의 오페라 〈장미의 기사〉Der Rosenkavalier에 나오는 이야기를 좋아한다. 이 오페라는 나이 든 마샬린 후작부인과 어린 애인 옥타비안에 대한 이야기다.

마샬린 후작부인은 옥타비안을 '퀸퀸'이라는 애칭으로 부른다. 옥타비안은 열일곱, 마샬린 후작부인은 옥타비안 나이의 대략 두 배 정도라는데, 뭐야! 그러면 고작 서른네 살이잖아? 하지만 어쨌든 마샬린은 옥타비안보다 훨씬 나이가 많고 옥타비안이 자신의 마지막 연인이 될 것임을, 그 후에는 이런 식으로 살 수 없음을 안다. 그녀는 다가오는 나이를 느끼며 아름다운 노래를 부른다.

시간은 참 이상한 것.
그냥저냥 살아갈 때 시간은 아무것도 아니지.
하지만 그러고 나서 어느 순간
시간 외에 아무것도 느껴지지 않네.
시간은 우리 주변을 두르고 우리 안에도 있네.
얼굴에서도 시간이 흐르고
거울에서도 시간이 흐르네.
나와 너 사이에서도 그곳에서도
시간은 다시 흐르네.
소리 없이, 모래시계처럼.

오, 퀸퀸!
때로 나는 시간이 흐르는 소리를 들어.
걷잡을 수 없게 흐르는 소리를.
때로는 한밤중에 일어나

> 시계를 잠재워버리지.
> 하지만 시간도 두려워할 필요는 없는 존재,
> 시간 역시 우리 모두를 지으신
> 하늘 아버지의 피조물인걸.

시간은 바로 그런 걸까? 장기로서의 심장은 늙어간다. 하지만 상징으로서의 심장, 감정이 깃든 심장은 늙지 않는다. 프랑스 소설가 쥘리앵 그린Julien Green은 97번째 생일을 이틀 앞두고 일기에 이렇게 적었다.

> 이틀이 지나면 나는 97세가 된다. 뭐, 중요하지는 않다. 난 여전히 열여섯 살 적 심장을 가지고 있는걸. 여전히 그때처럼 반응하는걸. 내 모든 추억들이 손에 잡힐 듯한 걸. 사랑에 시간은 존재하지 않는걸.

그렇다. 민감하고 열정적이고 공감하는 마음을 간직하는 것. 사랑하는 첫 마음을 마지막까지 간직하는 것. 함께 아파하고 공감하며 말랑말랑한 상태로 남는 것.

지난 몇백 년간 문학은 노인을 공감 있게 다루지 못하고 노쇠함을 상당히 끔찍하게 묘사하곤 했다. 특히 나이 든 여성의 경우 대체로 이가 몽땅 빠지고 추접한 할망구로 묘사해 이미지를 톡톡히 깎아내렸다.

계몽주의 시대에 들어서야 비로소 노년의 이미지와 노인들의 문화적 위치가 바뀌기 시작했다. 가부장적 가족이 해체되고 산업화가 진행되면서 가족 공동체가 노인을 돌보던 것에서 사회가 그 역할을 담당하게 되었다.

다시 한번 조앤 디디온을 인용하자면 《푸른 밤》에서 어느 힘든 밤에 이런 문장이 등장한다.

> 이 밤에 내가 그간 활력 있게 남았다는 것은 분명해 보였다. 하지만 활력을 유지하느라 어떤 값을 치렀다는 것도 분명해 보였다. 이런 대가는 늘 예견해왔던 것이지만 이 밤에야 비로소 나는 그것을 말로 표현하기 시작했다. 그 밤에 떠오른 표현은 바로 '억지로 하다'라는 것이었다. 또 다른 표현으로는 '견딜 수 있는 한계를 넘어서'다.

그러하다. 스벤 레게너Sven Regener◆는 이렇게 노래한다.

> 그렇게 가벼울 필요는
> 그렇게 가벼울 필요는 없어요.

◆ 독일에서 활동하는 싱어송라이터이자 소설가.

나는 노력해서 어느 정도 활력 있게 남았다. 언제나 쉽지는 않았다. 나도 쉽지 않았고, 주변 사람들도 쉽지 않았다. 그들 모두가 나의 이런 활력을 따라올 수 있는 건 아니었다. 너무 많은 에너지는 위협적으로도 느껴지니까.

내 주변 사람들은 때로 나의 속도와 나의 업무 리듬 때문에 기가 죽거나 주눅이 들기도 한다. 하지만 나는 그들도 나처럼 하기를 요구하는 것은 아니다. 다만 나 자신에게 요구할 뿐이고 그에 대한 대가도 치른다. 그 대가는 지치고 종종 약간 외롭다는 것이다. 하지만 어쩌겠는가. 나는 여전히 생생히 살아 있음을 느끼며, 내 일이 즐겁다.

옷장은 점점
비워지고 있다

여든 살쯤 되면 좀 더 현재를 생각해야 한다. 과거로부터 왕왕 자신을 지켜야 하고 오래된 비애들은 잠재워야 한다. 미래는 이제 불확실한 옵션일 따름이다.

미래는 저절로 온다. 빠르게 온다. 그리고 우리는 머지않아 미래를 확인하게 될 것이다. 하지만 우리의 미래는 많은 부분이 과거에 의해 결정된다. 모든 것은 서로 연결되어 있다. 그리하여 그저 나이가 몇 살이냐가 중요한 게 아니라 어떻게 나이 들어가느냐가 중요하다는 말이 맞는 것 같다.

오스카 와일드Oscar Wilde(그는 그런 것을 알 수가 없었다. 불과

마흔여섯 살에 세상을 떠났으니!)는 '노년은 인생의 (잡동사니가 쟁여진) 헛간'이라고 말한다. 나는 정확히 그 반대라고 생각한다. 오히려 나이 들수록 우리는 정돈한다. 물건도 버리고, 계획도 폐기하고, 꿈도 접는다. 상황에 따라서는 함께하는 것이 더 이상 바람직하지 않아 보이는 사람들과도 결별한다.

고백하건대 나는 살면서 늘, 때로는 아주 단호하게 인간관계를 정리했다. 감당하기가 너무 힘든 관계들, 더 이상 내 인생에 도움이 되지 않을 관계들, 하등 쓸데없는 관계들 혹은 아무런 (지적) 자극을 주지 못하는 관계들은 정리해버렸다.

나는 친척들, 남편들, 친구들을 치워버렸다. 대부분은 이탈리아 작가 디노 세그레Dino Segre가 '피티그릴리'Pitigrilli라는 필명으로 '감정의 좀스런 구두쇠들'이라 칭했던, 마음이 좁다랗고 열정이 없는 사람들, 죽고 사는 일이 아닌 것처럼 뜨뜻미지근한 사랑을 했던 사람들이었다. 그게 생사가 걸린 일이라는 걸 알지 못했던 사람들이었다.

나는 살기 위해 그들을 멀리해야 했다. 마음의 헛간을 갖고 싶지 않았다. 노년을 인생의 헛간으로 보는 시각은 노년의 삶이 가치가 없다는 의미를 내포한다. 하지만 나는 지금 이 시간이, 아직 살아서 매일 와인을 마실 수 있고 산책할 수 있고 친구들을 만날 수 있는 이 시간이 놀라운 시간이라고 생각한다. 몇 가지 부족한 것이 있다고 하여 그 시간을 망치고 싶지 않다. 그리고 우리가 가지고 있는 것이 우리를 행복하게 하는 것이 아니라, 우리가 내려놓을 수 있는 것이 우리를 행복하게 한다는 것도 알고 있다.

하지만 어떻게 내려놓을까? 가령 다락방에 있는 50여 개의 바인더는 어떻게 할까? 그 바인더들에는 이메일이 생기기 전, 1970년부터 1990년대 중반까지 교환했던 개인적이고 직업적인 서신들이 연도별로 A부터 Z까지 분류되어 있다. 정치인, 작가, 배우 그리고 유명인들의 편지도 있어 누군가는 관심이 있을지도 모른다.

이것을 어떻게 해야 할까? 100권이 넘는 노트와 일기장은 어떻게 해야 할까? 내가 (열다섯 살부터) 수십 년간 써온 메모들과 일기들. 사랑과 삶, 절망과 행복, 독서, 영화, 연극을 비롯해 거의 모든 것에 대해 끼적여놓은 것들. 이것들을 불태워 버려야 할까? 아니면 그냥 놔둬야 할까? 내 가엾은 상속인들은 이것들을 어떻게 할까? 그들이 이런 글을 읽는 게 죽어서도 신경이 쓰일까? 잘 모르겠다.

20년도 더 전에 엄마의 살림을 정리할 때, 엄마가 남긴 슬픈 메모들을 읽으며 마음이 얼마나 산란해졌던가. 나는 엄마의 비밀을 발견하는 것이 부끄러웠다. 이래도 되는 것일까 하는 마음이었다. 나는 종종 그런 질문을 던진다. 엄마와 나의 관계는 좋지 않았다. 우리는 서로를 믿지 못했고 서로에게 너무 자주 실망했다. 나는 엄마가 늙어가는 모습을 지켜봤다. 우리 엄마는 매우 용감하고, 매우 외롭고, 매우 독립적으로 살았다. 하지만 엄마 집에 가면 우리는 만나자마자 싸웠다.

시몬 드 보부아르는 그녀의 가장 아름다운 책《아주 편안한 죽음》에서 자신과 어머니 사이의 어려운 관계에 대해 비슷한 이야기를 적고 있다.

> 엄마가 나를 조금은 믿어주고 마음을 써주었더라면 우리는 좀 더 사이가 좋을 수 있었을 텐데. (…) 이제 나는 엄마가 그러지 못했던 이유를 안다. 엄마는 채워지지 않은 복수심이 너무나 컸고 싸매어야 할 상처가 너무 깊어서 다른 누군가에게 감정이입을 할 수 없는 상태였다. 그래서 행동으로는 헌신적이었지만 감정은 자기 자신을 넘어서지 못했다.

엄마와 나도 그와 비슷했다. 아버지는 엄마에게 상처를 주었고, 나는 외모도 성격도 너무나 아버지를 빼닮은 딸이었다. 엄마는 돌아가시기 직전까지도 나의 이런 점을 용서하지 못했다. 엄마의 일생에서 누군가에게 사랑에 빠졌던 건 단 한 번이었는데 나는 끊임없이 사랑에 빠졌다. 이런 점 역시 우리 사이를 가로막는 장애물이었다. 그러나 엄마에게 죽음이 다가왔을 때, 우리는 비로소 화해할 수 있었다. 이 역시 보부아르가 묘사한 어머니의 죽음과 비슷했다.

> 나는 이 죽어가는 사람과 연결되어 있었다. 어둑한 빛 속에서 엄마와 대화를 나누면서, 나는 오래된 자책감에서 좀 벗어날 수 있었다. 다시 엄마와 이야기를 나눌 수 있었다. 청소년 시절부터 끊겼던, 우리가 그리도 다른 동시에 그리도 비슷했기에 다시는 이어지지 못했던 대화가 다시 시작되었다. 그러자 영영 식어버렸다고 믿었던 오래된 애정이 되살아났다. 어머니가 단순한 말과 몸짓으로 자신의 마음을 표현할 수 있게 된 이래로 그렇게 되었다.

나는 보부아르의 말을 인용하는 걸로 나와 어머니의 이야기를 대신한다. 어머니가 돌아가신 지 25년이 지난 지금도 엄마와 나 그리고 그녀의 죽음에 대해 글을 쓰는 것이 여전히 어렵기 때문이다. 우리는 결코 잘 지내지 못했고 어머니가 돌아가실 때 비로소 힘들게 화해를 했다는 것, 수십 년간의 다툼 끝에 안식에 들기 위해 겨우 그렇게 했다는 사실은 늘 내 마음을 아프게 한다.

나는 죽을 때도 이 일을 떠올리며 내 침대 가장자리에 (우리 엄마가 내게 그랬던 것처럼) 내가 상처 준 나의 딸이 앉아 있지 않다는 사실에 안도할 것이다. 엄마는 내 삶에 그리도 넘쳐났던 사랑을 못마땅해했다. 내 아버지의 사랑, 내 남편들의 사랑, 청소년 시절 남자 친구들의 사랑…. 열다섯 살 때부터 그러했다. 반면 엄마는 단 한 번의 운명적인 사랑 때문에 삶이 부스러져버린 사람이었다.

물론 연애편지들도 아직 내 다락방에 보관되어 있다. 예쁜 철제 상자 안에 예스럽고 로맨틱한 리본으로 묶인 작은 꾸러미로. 나는 이것들을 아직 버릴 수 없다. 한때 너무나도 중요했던 것들이니까. 하지만 아직도 중요한가? 누구에게 중요하지? 내가 가고 나면 이것들은 어떻게 될까?

그리고 트렁크 하나가 있다. 위험한 트렁크다. 그 위에는 이런 메모가 붙어 있다.

부디 읽지 마세요. 태워주세요!

나는 왜 이런 위험한 트렁크를 여전히 가지고 있을까? 살아 있는 동안은 내게 어마어마하게 중요한 의미를 지니기 때문이다. 나는 이 트렁크를 결코 태울 수 없다. 내가 내일이나 모레 혹은 올여름에 죽을 걸 안다면 태울 수도 있을 것이다. 그러나 앞으로 10년을 더 산다면 나의 커다란 비밀, 커다란 사랑, 커다란 비애가 들어 있는 이 위험한 트렁크 없이 어떻게 살까?

얼마나 어리석은 주제들인가. 오래전에 지나가버린 것들을 얼마나 어리석게 부여잡고 있는가. 물건들, 생각들, 감정들, 우리의 삶과, 내 삶을 그렇게 크고 복잡하게 만들었던 것들을…. 사람들 모두가 어딘가에 이런 위험한 트렁크를 남겨두고 있는 것일까? 비유적인 의미에서 자신이 짊어진 슬픔과 설움, 충격, 결코 처리되지 않은 무언가를 말이다. 트렁크는 치울 수 있을지 몰라도 상처는 남는다.

책들도 있다. 몇천 권의 책들이 세 층에 걸쳐 놓여 있고 지하실도 책으로 그득하다. 선물로 책을 많이 주는데도 여전히 새로운 책들이 들어온다. 언젠가 누군가가 이 책들을 가지고 싶어 할까? 어떻게 이 모든 것을 물려받을 친구들에게, (그들 역시 다른 친구들처럼 독서를 열심히 하는 사람들이 아닌데) 나보코프와 무질◆의 책은 절대 재활용 쓰레기로 버려서는 안 된

◆ 로베르트 무질Robert Musil. 오스트리아의 작가.

다고 당부할 수가 있겠는가. 발저의 책은 보내도 되지만 로베르트 발저Robert Walser는 안 된다는 걸.◆ (아, 로베르트 발저가 그의 불행한 생의 끝자락에서 쓴 아름다운 문장을 한번 들어보겠는가? "저녁 노을 비낀 길들을 보면 그 길들은 모두 고향 가는 길 같다.")

내 그림들 뒤에 메모를 붙여 어떤 그림이 가치 있는 것이고, 어떤 그림이 그냥 벼룩시장에서 산 것인지 표시해놓아야 할까? 누군가가 100년이 훌쩍 넘은 이 유리그릇들의 아름다움을 알아줄까? 그냥 그 모든 것을 처분해야 할까?

그렇다. 어렵다. 이런 생각이 내 마음을 산란하게 한다. 다른 한편으로는 그땐 이미 내가 죽어 있을 테니 아무 상관 없지 않을까 생각하기도 한다. 하지만 내겐 아무 상관 없지가 않다. 나는 나의 물건들을 사랑하며, 이 물건들은 내가 살아가는 날들에 나의 동행이 되어준다. 그리하여 내가 그것들을 더 이상 보거나 만질 수 없게 되었다고 해서 그것들이 찬밥 신세가 되지 않았으면 한다.

작은 꽃무늬가 있는 하늘색 양철 설탕통은 60년 전 대학생 때 뮌헨 벼룩시장에서 처음으로 득템한 물건이다. 이후 설탕통은 내가 어디로 옮겨 가든 나와 동행했다. 직장에 출근하던 엄마가 내가 먹을 걸 준비해둘 때 사용했던 작은 검정 냄비도 있다. 나는 점심 때 학교에서 돌아와 혼자서 이 냄비 속

◆ 마르틴 발저Martin Walser의 책은 버려도 된다는 뜻.

음식을 데워 먹곤 했다. 그 냄비는 정확히 74년 동안 나와 함께했다. 대학 시절 내내 나는 내 초라한 방들에서 몰래 (원래는 방에서 요리하는 것은 금지되어 있었다) 전기레인지로 이 냄비에 봉지 수프를 데워 먹거나 달걀을 삶아 먹곤 했다. 내가 죽으면 이 찌그러진 설탕통과 검정 냄비가 제일 먼저 쓰레기봉투로 직행하겠지.

나는 감성적인 사람이라 그런 장면을 상상만 해도 마음이 아프다. 이 기회를 빌려 이들이 그동안 충실하게 내게 봉사해준 것에 대한 감사의 마음을 전하고 싶다. 고마워, 하늘색 설탕통아. 고마워, 작은 검정 냄비야.

나는 마무리를 위해 세심하게 물건들을 정리할 용기가 없다. 물건들이 너무 많아 사실 정리가 시급한데도 말이다. 왜 이 모든 잡동사니를 끌어안고 있는 것일까? 무얼 하려고? 나도 모르겠다. 다만 내가 이런 물건들에 애착을 느낀다는 것만 알 뿐이다. 단, 옷장은 정리할 수 있다.

옷장은 점점 비워지고 있다. 옷과 신발, 핸드백은 내겐 장기적인 의미를 지니지 못한다. 하지만 내가 아기였을 때, 엄마가 나를 감싸 안아주었던 흰색과 파란색 체크무늬 목욕 수건만은 버릴 수가 없다.

나의 상속자들은 생각할 것이다. 대체 왜 이 모든 걸 가지고 있었던 걸까? 그들은 그 이유를 알지 못할 것이다. 덮개에 제비꽃이 그려진 녹슨 깡통은 뭐, 귀엽긴 하지만 버려도 될 텐데. 아, 그건 아버지가 그리도 좋아했던 제비꽃향 사탕이 들어 있던 마지막 통이었다. 아버지가 61세에 길에서 쓰러져 돌아가셨을 때, 아버지의 재킷 주머니에 그 통이 들어 있었다. 그러니 다른 사람들이라면 몰라도 내가 어찌 이 통을 버릴 수 있을까. 버리는 건 그 일을 알지 못하는 다른 사람들이 해야 한다.

그리고 나는 아직 어린 나의 강아지를 보며 생각한다. 내가 없으면 너는 어찌 살까? 물론 강아지는 돌봄을 받겠지. 강아지는 나를 그리워할까? 나는 한편으로는 그랬으면 하고, 한편으로는 그러지 않았으면 한다. 나이를 많이 먹으니 자꾸 이런 생각들을 하게 된다.

스벤 쿤체는 물건을 버리는 일을 이렇게 묘사한다.

> 지금까지 난 계속 쌓아두기만 했다. 책들, 인간관계들, 인상들, 경험들을. 앞으로는 이별하고 헤어지는 걸 배워야 할 것이다. 인생을 함께해온 몇몇 동행들은 나를 떠날 것이고, 어떤 일들은 이제 너무 힘에 부쳐서 못 할 것

이며, 어떤 경험들은 더 이상 가능하지 않을 것이다. 내가 아직 삶을 통제할 수 있을 때 삶을 단순하게 만들어야지. (…) 환상도 버려야 할 것이다. 소망과 현실의 차이에서 오는 그 행복한 간극들과 작별해야지. 이제 꿈을 꾸는 건 후손들의 몫. 나이 든 우리에겐 소망도 환상도 물 건너가버린다.

나 역시 소망하는 것과 현실적인 것의 괴리를 본다. 우리 모두 그것을 본다. 이런 괴리를 보는 게 행복한 일은 아니지만 살아가면서 소망을 감당할 만한 수준으로 낮추어 현실과 소망이 조금 더 근접할 수 있게 할 수 있을 것이다. 이 역시 나이가 들면 더 쉬워진다.

우리가 내려놓을 수 있는 것이

우리를 행복하게 한다.

나는 행복해지기로 결심했다

이제 우리는 기운도 바닥나고 있다. 전에 독서 투어를 다닐 때는 오후에 시내를 돌아다니며 놀고 저녁에 낭송회에 참석했다. 하지만 이제는 호텔방에 누워 한숨 자야지만 저녁에 좋은 컨디션으로 낭송회에 갈 수 있다.

돌아보면 나이대마다 늘 뭔가가 변했다. 당연한 일이겠지만 말이다. 어느 순간에 자전거에서 베스파로 갈아탔고, 베스파에서 제대로 된 오토바이로 넘어갔다. 그리고 오토바이에서 낡은 고물차로, 고물차에서 모든 편의 시설이 갖춰진 편안한 승용차로 넘어갔다. 지금은 대부분 친구 차를 얻어 타고 다닌다. 강아지를 데리고 숲에 갈 때 정도만 내가 운전한다. 상황은 변하고 사람도 변한다.

요즘 나는 치마보다 바지를 즐겨 입는다. 왜냐고? 스타킹을 신는 것이 힘들어졌기 때문이다. 스타킹을 고정하는 가터벨트를 더는 착용하기 싫다. 그래서 치마는 스타킹을 신을 필요가 없는 여름에 주로 입는다.

나는 평생 거의 약을 복용하지 않고 살아왔는데 노년이 되자 갑자기 먹는 약들이 생겼다. 심장을 치료해준다는 세 종류의 알약을 복용한다. 병원에서 내게 아침, 점심, 저녁에 먹을 약을 구분해서 담아놓을 수 있는 하얀 플라스틱 약상자를 주었다. 하지만 나는 이런 물건이 참기 힘들다. 노인들이 약을 잊지 않고 복용하기 위해 떨리는 손가락으로 약들을 약통에 구분해 담는 것을 많이 봐왔다. 나는 담당 의사와 상의했고 우리는 이렇게 합의했다. 세 가지 약을 신경 써서 잘 챙겨 먹되 아침에 한꺼번에 다 먹어버리기로 말이다. 그러면 끝난다. 몰취미한 약상자를 사용하지 않아도 된다.

다른 사람들도 이런 알량한 물건이 부엌이나 욕실에 굴러다니는 것을 보고 싶지 않다면 작고 예쁜 약통을 사용하도록 추천하고 싶다. 가령 파란 통은 아침 약, 은색 통은 저녁 약, 이렇게 정해놓으면 된다. 하지만 못생긴 약상자를 사용하는 것이 아무렇지도 않을뿐더러 심지어 도움이 되는 사람이라면 오케이. 그런 사람들은 약상자를 채우면 될 것이다. 하지만 나는 그런 물건을 보기만 해도 기분이 꿀꿀해진다. 다시는 집에 들여놓고 싶지 않다.

나이가 들어간다는 걸 가장 먼저 보여주는 것들은 사소한 것들이다. 안경알이 두꺼워진다. 그리고 자주 치과에 가서 앉아 있게 된다. 좋아하던 재킷은 단추가 잠기지 않는다. 나는 40년간 60킬로그램을 유지하며 살아왔는데 이제 70킬로그램이 되었다. 식생활이 변한 것도 아니고, 더 많이 먹는 것도 아니고, 오히려 덜 먹는데도 그렇다. 더 무거워지고 더 둔해진다. 신발도 편한 것만 신게 된다. 물론 걷기에 편하면서 예쁜 신발을 찾기가 아주 쉽지는 않지만 말이다.

하지만 이 모든 것이 뭐, 큰일은 아니다. 나와 마찬가지로 여든이 넘은 내 친구 게르하르트 폴트Gerhard Polt도 이렇게 말하며 웃는다.

"엘케, 우리 체념합시다. 하지만 쾌활하게 하자고요!"

스벤 쿤체는 《젠틀맨처럼 나이 들기》에서 노년에 '아직'이라는 단어가 어떤 의미를 지니는지에 대해 생각한다. 무엇이 아직 가능한가? 걷기는 아직 되지만 조깅은 더 이상 안 된다. 더 이상 수영장을 스무 바퀴 돌지 못하지만 열 바퀴는 된다.

그렇다. 우리는 쾌활하게 체념한다. 하지만 대놓고 반항하는 것은 금지다. 아직은 아니야, 이게 다일 리가 없어! 마치 행복에 대한 권리가 있다는 듯 그렇게 말할 수는 없다!

조지 스타이너George Steiner는 한 인터뷰에서 이렇게 말했다.

> 우리는 지나칠 정도로 행복하다.

세상에! 이 말은 맞다. 우리는 수십 년간 전쟁이 없는 민주주의 국가에서 얼마나 행복하게 살아왔는가. 이 점을 높이 평가할 줄 아는가?

지그문트 프로이트Sigmund Freud의 다음 말에 나는 늘 공감한다.

> 인간을 행복하게 하려는 의도는 창조의 계획에 없었다.

우리 스스로가 약간 노력을 기울여야 한다. 분명한 사실은 다소 원론적으로 들릴지 몰라도 공동체의 행복 없이는 개인이 온전히 행복할 수 없다는 것이다. 전쟁과 압제로 가득한 불행한 시대, 불행한 나라에서는 사람이 진정으로 행복할 수 가 없다. 잠시 아주 개인적인 순간들을 제외하고는 말이다.

노년에는 존재의 비극과 삶의 부조리를 그 어느 때보다 더 많이 느낀다. 하지만 쥘리앵 그린은 98세에 세상을 떠나기 몇 주 전에 이렇게 적었다.

> 이 나이에도 나는 여전히 희망이라는 배에 타고 있으며 그 배가 침몰할 거라고 믿지 않는다.

내가 태어났을 때 세상은 제대로 돌아가고 있지 않았다. 제2차 세계대전 중이었고 전쟁은 이후로도 2년이나 더 지속되었다. 몇 년 뒤 내가 세상을 떠날 때도 어딘가에서는 여전히 전쟁이 벌어지고 있을 것이다. 늘 어딘가에서 전쟁이 일어나고 있으니까. 거의 평생을 전쟁 없는 나라에서 살 수 있었다는 것, 이건 정말 행운이다. 크나큰 행운이다.

이렇게 말해보자. 꼭 행복을 극대화하려고 애쓸 필요는 없다. 불행을 최소화하는 것도 훌륭한 목표다.

'노년을 즐겨라'라는 말은 진부한 헛소리다. 우리는 삶에서 뭔가를 해나가야 하고, 그것에 의미를 부여해야 한다. 언제나 그러하다.

괴테의 《파우스트》 2부에서는 '행복'과 '노년'이라는 개념이 가장 아름답게 만난다. 우리는 파우스트가 메피스토와 계약을 맺었다는 걸 안다. 파우스트는 찾아올 거라고 믿지 않는 행복의 순간에 영혼을 건다.

> 내가 어느 순간을 향해
> "머물러라, 너는 참 아름답구나!"라고 말한다면
> 너는 나를 결박해도 좋다.
> 나는 기꺼이 파멸을 맞이하리라!

파우스트가 그렇게 말하는 순간은 언제일까? 아우어바흐의 지하 술집에서 술을 퍼마실 때? 가엾은 그레트헨을 유혹할 때? 아름다운 헬레나와 사랑에 취해 있을 때? 아니면 발푸르기스의 밤◆을 마구 돌아다닐 때 그런 순간이 찾아왔을까? 그렇지 않다. 쉼 없이 방황하던 파우스트가 필레몬과 바우키스, 이 두 노인이 행복하고 평화롭게 오두막 앞 벤치에 앉아 있는 모습을 보았을 때다.

이 두 쓸모없는 노인이 누리는 단순하고 고요한 행복을 보며 파우스트는 견딜 수 없어 한다. 그러다 갑자기 뭔가를 깨닫는다. 자신의 쉼 없는 방황이 무의미했음을. 우리를 행복하

◆ 4월 30일 밤부터 5월 1일까지 진행되는 게르만 족의 민속 축제.

게 하는 것, 마지막에 우리를 충만하게 하는 것은 인생의 수고를 마친 뒤, 삶을 다 살아낸 뒤 그렇게 고요히 앉아 안식할 수 있는 것임을.

지혜의 마지막 결론은 이러하다.
날마다 싸워 자유와 생명을 쟁취하는 자만이
자유와 생명을 누릴 자격이 있으니!

뒤이어 운명적인 고백이 나온다.

그리하여 위험에 둘러싸인 채
이곳에서 아이와 어른, 노인이 그 값진 세월을 보내네.
나는 이런 무리를 보고 싶다네!
자유로운 땅에, 자유로운 사람들과 함께하고 싶다네!
그 순간에 나 이렇게 말해도 좋으리.
"머물러라. 너 참 아름답구나!"
내가 이 땅에 살던 날들의 흔적은
영원토록 사라지지 않으리!
그런 드높은 행복을 예감하면서
나 이제 지고의 순간을 누리네.

메피스토는 바로 그런 순간으로 파우스트를 데려가려 했고, 이제 파우스트는 패배한 것처럼 보인다. 하지만 그렇게 되지 않는다. 일단은 괴테가 천사들을 보내기도 하지만 악마가 인간에게 가장 행복한 순간을 가져다줌으로써 내기에 이긴 것이 아니라 바로 인간 자신이 숙고와 반성을 통해 행복이 무엇인지를 깨달았기 때문이다. 행복이란 자유로운 땅에서 자유로운 사람들과 더불어 살아가는 것임을, 요즘 표현으로 하자면 주체적인 삶을 살아가는 것임을 말이다. 그러므로 파우스트는 패배하지 않았다. 파우스트는 잘 해내었다.

사뮈엘 베케트Samuel Beckett의 희곡 〈엔드게임〉과 〈행복한 날들〉에서 노부부는 갈갈이 찢긴 기억들의 쓰레기 속으로 가라앉는다. 아무것도 지속되지 않고 모든 것이 무너진다. 마치 처음부터 존재하지 않았던 것처럼. 부조리한 삶, 오직 죽음만이 부조리한 삶을 운명으로 바꾼다. 그리고 행복은? 우연일 뿐. 베케트의 〈고도를 기다리며〉에도 이런 말이 나온다.

> 세상의 눈물은 총량이 늘 일정해요.
> 누군가가 울음을 멈추면
> 어딘가에서 또 다른 누군가가 울기 시작하죠.

볼테르는 이런 놀라운 말을 했다.

> 나는 행복해지기로 결심했다.
> 그 편이 건강에 유익하다고 하므로.

마음먹는다고 늘 되는 건 아니지만 시도해볼 가치는 있지 않을까?

우리는 문학 속에서 스스로를 발견한다

우리는 태어나고 죽음을 맞이한다. 오랫동안 우리는 이런 죽음이 무한히 먼 곳에 있다고 여긴다. 죽음이 점점 가까이 다가오고 있음을 알아차리기에는 너무 바쁘다. 우리가 점점 늙어가고 있음도 잘 알아차리지 못하다가 어느 날 보니 늙어 있다. 마치 이탈리아 가수 아드리아노 첼렌타노Adriano Celentano를 세계적으로 유명하게 만든, 파올로 콘테Paolo Conte의 아름다운 노래 〈아주로〉Azzurro에 나오는 여름과 같다.

난 1년 내내 여름을 기다려왔는데

갑자기 여름이 여기 있네.

갑자기 여름이 오고, 갑자기 늙고, 갑자기 죽는다. 모든 것이 예기치 않게 찾아온다. 러시아 혁명가 레오 트로츠키Leo Trotzki는 그의 유배 일기에서 "노년은 전혀 예상치 않게 슬쩍 사람을 찾아온다."라며 놀라워한다.

아멜리 노통브Amélie Nothomb의 소설 《살인자의 건강법》에서 나는 이런 문장을 발견했다.

> 사람은 매일 늙는 건 아니다. 늙는다는 느낌 없이 10년, 20년이 지나갈 수도 있다. 그러고 나서 두 시간 만에 20년이 한꺼번에 덮쳐온다.

그렇다. 큰 걱정이 있을 때도 이런 일이 일어날 수 있다. 우리 엄마도 이혼하면서 그렇게 되었다. 이혼한 뒤 엄마는 갑자기 폭삭 늙었다.

독일연방통계청의 추정에 따르면 2050년이 되면 독일 인구의 최소 35퍼센트가 60세 이상이 될 것이라고 한다. 현재는 약 28퍼센트가 60세 이상이다. 초고령 사회로 진행되고 있는 것이다. 고령화 문제에 어떻게 대처해야 할까? 이것이 우리의 민주주의에 영향을 미칠까? 민주주의는 적극적으로 행동하는 주체들을 필요로 하는데, 과연 노인들도 여전히 그런 주체로 남아 있을까?

솔직히 말해서 나는 이런 주제들에 대해 별 생각이 없다. 말하자면 나는 이 세상의 커다란 문제들에 대해서는 무력감을 느끼고, 그것들을 내 손으로 해결할 수 없음을 알고 있다. 나는 이런 문제들을 현재와 미래의 정치인들에게 맡기고 싶고, 그렇기에 선거에서 이런 문제를 의식하는 후보를 뽑으려고 노력한다(그런 사람들이 대체 어디에 있을까마는). 난 더 이상 사회 참여에 적극적일 수 없지만 그래도 마지막까지 책임 있는 시민으로 남기를 희망한다.

대체로 여자들이 남자들보다 더 오래 산다고 한다. 왜 그런지에 대한 통계들도 있다. 신문에서 쉰이 넘은 여자들이 사회에서 마치 투명인간이라도 된 듯 스스로 존재감을 느끼지 못해 스트레스를 받는다는 기사를 읽곤 한다. 하지만 존재감을 느끼는 일은 어느 정도 자신의 손에 달려 있는 것 아닐까?

스스로가 회색 쥐처럼 존재감 없이 행동하면 회색 쥐처럼 보이게 된다. 자신감은 훈련할 수 있는 능력이며 나이에 상관없이 20대든, 50대든, 80대든 누구에게나 필요한 것이다. 나는 스스로를 투명인간처럼 느끼지 않는다. 내가 그런 존재가 아님을 알고 있기 때문이다.

2023년에 출간된 아네테 밍겔스Annette Mingels의 소설 《마지막 연인》Der letzte Liebende에서는 놀랍게도 자신을 투명인간처럼 느끼는 나이 든 남자가 등장한다. 그는 한때 굉장한 매력을 발휘하며 여성들의 마음을 홀리는 사람이었지만 이제 나이가 들었다. 그런데도 그는 여전히 여자들에게 작업을 건다. 하지만 여자들은 무덤덤하기만 하다.

> 칼은 몇 번이나 도서관 사서와 눈을 맞추려 했지만 (…) 그녀의 눈에는 자신이 거의 보이지 않는 것 같았다. 사실 새로운 경험은 아니었다. 몇 년 전부터 그는 자신이 거의 투명인간이 된 듯한 느낌이었다. 마치 나이가 동화 속에 나오는 투명 망토처럼 기능하는 것 같았다. 단, 자원해서 두르는 망토가 아닐 뿐. 그는 사람들이 그를 투명인간 취급하는 것은 그를 난처하게 하지 않게 하려는 것이라는 확신에 이르렀다. 이런 깨달음은 얼마나 마음을 아프게 하는지. 이런 깨달음은 그를 고독 속으로 몰아넣었고, 고독은 밤의 호수처럼 그의 주위를 검고 깊게 둘러쌌다.

시인 옥타비오 파스Octavio Paz는 고독은 인간 조건의 가장 깊은 토대라고 말한다. 그러나 밍겔스의 소설 주인공인 칼 크루거는 그렇게 깊은 고독을 전혀 예상하지 못했다. 아내 헬렌과 딸 리사와의 관계는 최상은 아니었지만 그럭저럭 괜찮았으며 평소 여자들이 많았다. 그러나 이제 늙어서 갑자기 이런 일이 일어난다.

> 칼은 너무나 외로워서 딸 리사가 연락을 해왔을 때 감동하는 티를 내지 않으려 조심해야 했다. 몸에 여기저기 예기치 못한 통증들이 찾아왔고, 밤이면 그래 내일도 일어나서 살아가야지 하고 마음먹어야 했다. 간혹 삶에 대한 애정이 물밀듯 밀려왔지만 그건 절망적이고 일방적인 열정에 불과했다. 하지만 그 밖에는 모든 것이 괜찮았다.

그 밖엔 모든 것이 괜찮았다? 사실 (그는) 아무것도 괜찮지 않다. 연구에 따르면 여성들보다 남성들이 노년의 어려움이나 고독에 더 자주, 심하게 시달린다고 한다. 여자들은 남성들에 비해 주변 친구들과의 네트워크가 더 탄탄한 경우가 많기 때문이다.

방금 나는 미국 작가 데이나 스피오타Dana Spiotta의 소설 《종잡을 수 없는》Wayward을 읽었다. 소설 속 주인공은 끔찍한 사고에서 가까스로 살아남았다.

> 병원에서 퇴원한 뒤 그녀는 살고 있던 곳(낡고 아름답고 망가진 그녀의 집)으로 돌아와 자기 자신(낡고 아름답고 망가진 그녀의 몸)을 돌아보았다. 그녀의 몸은 회복되었지만 온전히 회복된 것은 아니었다. 그녀는 결코 예전과 똑같은 사람으로 돌아갈 수 없을 것이다. 그녀는 그것을 알았다. 하지만 그것은 그녀를 슬프게 하지 않았다. 늘 그렇지 않았던가? 몸이란 대체 무엇을 위해 존재하는 것일까? 그녀의 몸, 이런 몸, 이 몸의 찬란하고도 슬픈 육체성. 자신이 겪고 보고 느낀 모든 것이 몸에서 표시가 나야 하는 게 아닌가?

프랑스의 사회철학자이자 작가인 앙드레 고르André Gorz는 2006년 여든세 살의 나이에 아내 도린에게 보내는 아름답고 절절한 사랑과 이별의 편지인 《D에게 보낸 편지》의 첫머리에 이렇게 썼다.

> 이제 당신은 곧 여든둘이 되네. 당신의 키는 6센티나 줄

었고 몸무게는 겨우 45킬로그램이지. 그래도 여전히 당신은 아름답고 우아하고 매력적이야. 우리는 58년을 해로했고 나는 당신을 그 어느 때보다도 사랑한다오.

이듬해 그는 죽음을 앞둔 아내와 동반자살로 생을 마감했다. 이들의 사랑 이야기는 우리를 행복하게 해주는 것들이 나이가 들었다고 해서 사라져버리지 않는다는 걸 보여준다. 아무것도, 정말 아무것도 없어지지 않는다는 걸.

내가 늘 이야기하는 것이 바로 그런 것이다. 문학은 위로하고 돕고 설명해줄 수 있다. 나이가 많든 적든 우리는 문학 속에서 스스로를 발견한다. 제인 캠벨Jane Campbell은 단편 소설 〈혼자 있는 것에 대하여〉Vom Alleinsein에서 "과거의 흔적이 무마시킬 수 없을 정도로 현재의 삶에 깊이 엮여 들어가 있다는 것, 그것을 보고 들을 눈과 귀가 있는 모든 이에게 그 흔적이 보이고 들린다는 것"을 기뻐한다.

캠벨의 《작은 생채기들》Kleine Kratzer은 현재 나의 애독서다. 캠벨은 여든이 넘은 작가로, 문학 속 노인상은 노인이 아닌 젊은 사람들이 묘사하는 것이라는 점을 못마땅해한다. 어머니는 노쇠해지고 아버지는 치매에 걸리는 이야기들, 부모님이 돌아가시고 부모님 집을 정리하는 이야기들, 어머니를 어디로 모셔야 할지 고민하는 이야기들. 마치 노년이 되면 더 이상 자신의 삶을 살 수 없는 것처럼 묘사된다고 캠벨은 말한다. 그리하여 캠벨은 늙은 여자들, 늙어가는 여자들에 대해, 그들이 일평생 간직해온 열정, 까칠함, 기질, 능력에 대해 이야기한다.

이 모든 것이 나이가 들었다고 해서 왜 갑자기 멈춰버려야 하는가? 왜 갑자기 그냥 사라져버려야 하는가? 나는 늘 성격이 급했는데 이제 여든이 넘었다고 해서 갑자기 나긋나긋한 새끼 고양이처럼 되겠는가. 분명 그렇지는 않을 것이다. 캠벨의 다음 문장 역시 너무나 공감이 간다.

> 과거로부터의 잘못된 인상들이 쌓인 결과로 내 사고력이 변질되는 걸 나는 원치 않는다.

즉, 과거에 대해서도 현재에 대해서도 스스로 속지 않겠다는 뜻이다. 나 역시 캠벨이 '박탈'이라 부르는 것을 거부한다. 캠벨은 이렇게 쓴다.

> 늙어가는 것은 종종 누적 과정으로 묘사된다. 질병, 통증, 주름 같은 것이 더해가는 것으로 말이다. 하지만 그

것은 사실 박탈 과정이다. 자유, 존중, 즐거움 등 우리가 전에 당연한 것으로 소유하고 누렸던 모든 것을 점차 빼앗긴다.

이렇게 빼앗기는 것을 용인해서는 안 된다. 박탈당하며 살아서는 안 된다. 하지만 그러기 위해서는 과거에 살지 말고 현재에 살아야 한다. 나이가 들면 과거의 일들이 자꾸 생각나면서 종종 과거를 미화하고 낭만화하기도 한다. 하지만 과거를 자꾸 돌아본다고 해서 현재가 더 견딜 만해지는 것은 아니다. 깨어서 적극적으로 현재를 살 때 현재는 의미를 획득하고 더 살 만해진다.

캠벨의 단편 〈구부정한 등〉Katzenbuckel에서 주인공은 이런 박탈에 대해 탄식하며 "나는 몸에 대한 통제력과 우아함, 한때 넘치도록 가지고 있던 그 모든 매력을 박탈당했다."라고 느낀다. 물론 20대처럼 그렇게 미친 듯이 열정적으로 살아갈 수는 없지만 그래도 아직 열정은 살아 있다. 나이 많고 경험이 풍부한 정신분석가인 제인 캠벨은 그걸 잘 알고 있다. 그녀의 단편 〈183분〉183 Minuten은 두 노인이 기차에서 만나 세 시간 동안 서로 대화하는 모습을 그린다.

서로를 이해한다는 것, 그것이 중요한 것이었다. 그 밖에도 두 사람은 그동안 누누이 깨달아온 것이 있었다. 바로 그들의 삶, 그들의 내밀하고 지적이고 감정적인 삶, 나아가 영적인 삶은 사회가 보기에, 특히 가족들이 보기에는 존재하지 않는 거나 마찬가지라는 사실 말이다. 마치 주름이 생기고 약간 균형이 무너지면서 모든 사유, 모든 의미, 모든 희망, 모든 목표, (그가 나중에 그녀에게 이야기했듯이) 모든 정열이 싸그리 사라져버리기라도 하듯이 말이다.

이 여행 뒤에 두 사람은 커플이 되고 가족들은 그들의 이런 행보에 당혹스러워한다. 이야기는 해피엔드로 끝나지는 않지만(뭐 사랑이 언제 해피엔드로 끝나더냐?) 그들은 자신의 감정에 충실한 삶을 살아간다. 가족들은 그들을 이미 거의 죽은 거나 다름이 없는 늙은이로, 최소한 죽음밖에 기다릴 게 없는 존재로, 하물며 그런 부적절한 사랑은 상상할 수도 없는 존재로 여기지만 그들은 가족들이 생각하는 상투적 생각이 아닌 자신의 생각에 따라 살아간다.

제인 캠벨의 책을 독일어로 번역한 베티나 아바르바넬 Bettina Abarbanell은 캠벨에게 감사의 말을 전하는 편지에 이렇게 적었다.

> 당신은 우리를 이 여성들의 삶의 세계로 데려가, 우리로 하여금 그들의 두려움, 동경, 소망, (때로는 짓궂은) 기쁨에 참여하게 합니다. 틀을 거부하고 나이에 대한 고정관념을 불식시키며 놀라움을 선사하지요. 치밀하고 공감을 자아내며, 삶의 지혜와 위트로 가득한 당신의 이야기는 정말 놀랍습니다. 그리고 이 작품은 중요한 사실을 말해 줍니다. 겉으로 보이는 모습과 무관하게 단지 '늙은' 사람일 뿐인 존재는 아무도 없다는 사실, 무엇보다 우리 모두는 다채로운 경험과 기억을 안고 사는 유일무이한 인격체라는 사실입니다.

아바르바넬은 이 아름다운 편지를 작가에게 보내는 감사 인사로 마무리한다. 그 감사에 나도 함께하는 바이다.

미국 작가 켄트 하루프Kent Haruf는 제인 폰다와 로버트 레드퍼드 주연의 영화로도 만들어진 소설 《밤에 우리 영혼은》에서 노년기의 친밀함에 대한 가능성을 이야기한다.

애디와 루이스 둘 다 70대로, 각각 배우자를 여의고 혼자 살아간다. 그들은 소도시에 거주하며 오랫동안 알고 지낸 사이다. 각각의 배우자도 잘 알고 지냈다. 불면의 긴긴밤이 너무나 견디기 힘든 어느 날 애디는 루이스에게 밤에 자신의 집에 건너오지 않겠느냐고 제안한다. 망설이던 루이스는 잠옷과 칫솔을 챙겨 그녀의 집으로 건너간다.

그들의 관계는 성적인 것이 아니다. 이것은 인간적인 친밀함, 어두운 밤에 나란히 누워 잠 못 드는 밤의 외로움을 달래는 이야기다. 그들은 자신들의 생각, 추억, 과거의 이야기를 나누며 행복한 시간을 보낸다.

그러나 소도시 사람들은 그들에 대해 수군거리고 자녀들의 몰이해는 생각보다 심하다. 자녀들은 분개하며 자신들의 작달막한 도덕관념으로 두 사람의 인간적인 협약을 깨뜨려버리고 이로써 부모의 삶과 행복도 철저히 파괴한다.

이런 가련한 사고방식은 우리가 살고 있는 가련한 시대에서 연유한 것이리라. 정말 무비판적으로 외모와 젊음을 숭상하는 시대에서 말이다. 킴 카다시안과 같은 사람들이 화장과 패션 그리고 도무지 아무런 흥미도 느껴지지 않는 삶으로 몇백만 명을 열광하게 하고 수십억 달러를 벌어들이는 시대가 아닌가.

정말 어리석게도 눈이 단단히 먼 사람들이 많은 듯하다. 킴 카다시안의 엉덩이를 홀린 듯 바라보는 사람들이 어떻게 나이 든 노인의 아름다움을 지각할 수 있을까? (어디선가 주워 들은 말이다. "카다시안들로 가득한 세상에서 오드리가 되라!")

내가 너무 늙어서 '인플루언서'라는 말이나 인플루언서들의 삶을 이해하지 못하는 걸까? 무엇에 영향을 준다는 거지? 무엇으로 영향을 미친다는 거지? 대대적인 광고가 이루어지는 명품이나 브랜드 제품이 그들에게서 떨어져나가면 무엇이 남을까? 과연 그 온갖 겉치레 뒤에 삶이 있긴 한 걸까?

나이는 당신을 정의하지 않습니다.

2021년 세계보건기구WHO는 새롭게 부각된 부정적인 용어인 '연령차별주의'Ageism라는 말에 맞서 이런 슬로건을 내세웠다. 그렇다. 노인 차별은 존재한다. 그러나 나는 젊은 시절에 겪었던 청년 차별도 생생하게 기억난다. 우리의 머리칼은 너무 길었고 옷차림은 너무 과감했으며 음악은 너무 시끄러웠다. 시위는 너무 도가 지나쳤고 많은 젊은이가 성적으로 자유분방하다고 비난을 받았다. 당시 우리는 미움받는 혁명가들이었다. 그러나 중년에는 순응한 속물들이 되었으며 이제는 모든 잘못에 책임이 있는 노인들이 되었다.

그래서 어쩌라고So what. 장 아메리Jean Amery◆는 노인들이

◆ 유대인 출신의 오스트리아 작가.

저항과 체념 사이의 변증법적 딜레마에 빠져 있다고 말한다. 하지만 나는 스스로 허락해야지만 그런 변증법에 빠질 수 있다고 생각한다. 게다가 '노인'은 결코 균질적인 집단이 아니다. 각자가 다 다르다. 거의 아무도 나이를 정체성으로 삼지 않기 때문이다. 아무도 "난 늙은 사람이에요. 그냥 그래요."라고 말하지 않는다.

독일계 영국 사회복지사 릴리 핑커스Lily Pincus가 20년도 더 전에 《노년》Das hohe Alter이라는 책에 적은, 또 하나의 아주 중요한 생각이 있다. 그녀는 이렇게 말했다.

> 노인이라고 모두 같은 게 아니다. 어쩌면 그들은 다른 연령대의 사람들보다 더 다양한 사람들이다. 긴 인생을 거치며 개성적인 사람들이 되었기 때문이다. 지금 우리가 직면한 문제 중 하나는 사회가 이를 이해하지 못하고 모든 노인을 '획일적으로' 취급한다는 것이다.

나는 주변에서 나와는 다르게 나이 드는 여자들을 본다. 한번은 낭송회가 끝나고 한 여성이 내게 사인을 부탁하며 이렇게 말했다. "저랑 동갑이세요." 고개를 들어보니 주름살이 쪼글쪼글하고 허리가 구부정한 할머니가 노인들이 즐겨 입는 전형적인 베이지색 옷을 입고 서 있었다. 나는 생각했다. 설마, 진짜야? 난 저렇게 늙지 않았다고!

> 같은 해에 태어났다고 모두 같은 나이라 할 수는 없다. 30~40년 뒤 동창회에 가보면 누구나 그걸 알게 된다.

〈프랑크푸르터 알게마이네 차이퉁〉에 실린 글에서 클라우디우스 자이틀Claudius Seidl이 한 말이다. 그는 이런 말도 덧붙였다.

> 힘든 육체노동은 사람을 늙게 만든다. 가난도 그러하다. 그러나 사람을 가장 빨리 늙게 하는 것은 아무 도전 없이 살아가는 삶이다.

어떤 사람들에게는 평생 아무런 도전 없이 그저 편안하게 사는 것이 바람직하게 보일 수도 있을까? 나는 그렇게 생각하지 않는다.

같은 나이라도 정말 다 다르다. 나이가 같다고 똑같이 늙은 것도 아니다. 똑같이 여든 살인데 어떤 사람은 여러 질환에 시달리고 어떤 사람은 마라톤을 뛴다. 행복한 노인도 있고 절망에 빠진 노인도 있다. 명랑한 노인도 있고 매일 신세 한탄만 하는 노인도 있으며 소심한 노인, 용감한 노인도 있다. 그런가 하면 다시 아이가 되어 금방 잊어버리고 웃는 치매 노인들도 있다. 한 친구가 치매 증상이 점점 심해지는 자신의 남편 이야기를 해주었다.

"그는 매일 똑같은 책을 읽어. 하지만 똑같은 책이라는 걸 몰라. 읽을 때마다 책이 좋다고 행복해해."

열일곱은 늘 열일곱이다. 그런가? 아니 그도 아닐 것이다. 애늙은이처럼 소심하고 용기 없는 젊은이들도 있으니. 하지만 젊을 때는 그래도 각각이 많이 차이가 나지 않지만 늙어가는 건 개인적으로 많이 다르게 진행된다.

지금까지 영위해왔고 현재 영위하는 삶이 늙어가는 일에 중요한 역할을 한다. 이에 대해 쇼펜하우어는 이렇게 말했다.

> 우리 삶의 첫 40년은 텍스트이고 그 다음 30년은 그에 대한 주석이다.

교만에서 나온 말이 아니니 이야기하자면 나는 나보다 나이가 적은데 나보다 훨씬 나이 들어 보이는 여자들을 많이 알고 있다. 그러고 나서 내가 이 책을 쓰는 동안 106세 생일을 맞이한 내 친구 엘리자베트를 본다. 그녀는 여전히 총기가 있다. 스물세 살에 법학 박사 학위를 받았고 평생 생각하고 책을 읽고 세상에 관심을 가졌다. 엘리자베트는 정신적으로 나보다 젊다. 그녀는 한 번도 낙담하고 기가 꺾인 적이 없지만 나는 그런 적이 많다. 그럴 때면 우리는 함께 살구 브랜디를 마시는데, 그녀는 내게 이렇게 말하곤 한다.

"그렇게 의기소침해하지 마. 그럼 나는 어떻겠니. 너도 한번 백 살이 되어보라고."

열정, 까칠함, 기질, 능력….

이 모든 것이 나이가 들었다고 해서

왜 갑자기 멈춰버려야 하는가?

왜 갑자기 그냥 사라져버려야 하는가?

늙어가는 것을 배울 수 있을까?

나는 백 살까지 살까? 나는 백 살까지 살고 싶지 않다. 지금 나는 여든이다. 이 나이가 되면 돌아오는 봄이나 다음 날까지만 생각한다. 물론 때로는 의기소침할 때도 있다. 힘도 용기도 없는 날들도 있다. 하지만 열여덟, 서른, 50대 중반 그리고 70대 초반에도 이미 그런 날들이 있었다. 다시 힘 있게 생활하기만 한다면 괜찮다. 다시 수면으로 올라와 계속 숨 쉴 수 있다면 잠시 잠수를 타고 무력해져도 괜찮다.

(나는 철학자 루트비히 비트겐슈타인Ludwig Wittgenstein의 다음 말을 좋아한다. "삶을 잘게 쪼개서 살아가봐요. 점심 식사나 저녁 식사를

할 때까지만 내다봐요. 그 이상은 생각하지 말고.") 그런 다음에는 키스 리처즈도 떠올려보라. 점심 식사와 저녁 식사엔 무조건 와인 한잔을!

나는 이제 살아온 날보다 살날이 훨씬 짧다. 그 사실을 모르지 않는다. 그것이 두려운가? 아니다. 나이 드는 것도 죽는 것도 두렵지 않다. 통증이 오면 조치를 취하면 된다. 노쇠하는 것은 자연스러운 일이다. 죽음은 삶의 일부다. 나보다 앞서 수십억 명이 죽음을 맞이했고, 종종 아주 끔찍한 상황에서도 그 일을 겪어냈다. 그러니 나도 이런 단계를, 이런 옮아감을 잘 감당할 수 있을 것이다. 아직 나는 삶의 무대 위에 서 있다. 그리고,

> 그 일이 이루어지고 나서
> 무슨 일이 있을지는
> 아무도 모른다.
> 그곳에선 아직
> 기별이 온 적이 없었으니.

_고트프리트 벤, 〈멀리서, 왕국으로부터〉Aus Fernen, aus Reichen

물론 두려움이 완전히 없지는 않다. 때때로 두렵다. 마지

막 호흡이, 그 뒤의 어둠이 두렵다. 더 이상 존재하지 않을 것이 두렵다. 이런 두려움은 때로는 밤에 찾아온다. 하지만 날이 밝아지면 다시금 사라져버린다. 그러면 나는 일어나 전날 저녁 멈추었던 곳에서 계속해나간다. 무엇보다 우선 강아지를 산책시켜야 한다.

1959년 내가 열여섯 살이었을 때 댄스 수업 시간에 나의 짝이었던 친구는 지금도 친구로 남아 있다. 외과의사인 그는 75세까지 공들여 수술을 했다. 매년 한 번씩 내가 예방 차원에서 방문하곤 했던 피부과 여의사는 86세에 세상을 떠났는데, 85세까지 일했다. 그녀는 내가 아는 여자 중 가장 아름다웠다.

이 책이 나올 쯤이면 나는 81세일 것이다. 나는 여전히 스위스 문학 클럽 같은 TV 프로그램에도 출연한다. 그러니 할 수 있다. 스스로를 믿고 하려고만 한다면 그렇다고 나는 생각한다. 물론 거실 한편에 앉아 뜨개질을 하며 간혹 고양이를 쓰다듬을 수도 있다. 그것도 좋지만 나는 쉽게 지루해진다. 그리고 지루함은 사람을 늙게 만든다.

하지만 발터 벤야민Walter Benjamin◆에 따르면 '경험의 알'을 품어 부화시키는 '꿈의 새'와 같은 지루함도 있다. 이를 위해서는 아무것도 하지 않는 것도 좋을 수 있다. 나도 요즘 때로

◆ 독일의 철학자이자 비평가, 좌파 지식인.

그런 시간을 갖는다. 그러나 아무것도 하지 않는 것은 뭔가를 하는 것과 대비될 때만 의미를 갖는다. 내가 더 이상 아무것도 하지 않는다면 나는 대체 뭘 위해 존재한다는 말인가?

약간 퉁명스럽게 들린다. 그런 의미는 아니었다.

나는 내 말이 모두에게 다 적용되는 건 아니라는 걸 잘 알고 있다. 나이 들어 가난할 수도 있고 아플 수도 있다. 그것은 두려운 일이다. 평생 육체적으로 고된 노동을 해야 했던 사람들, 가령 옛날 루르 지방의 광부들이나 시골에서 농사를 짓는 사람들은 늘 책상 앞에 앉아 있었던 사람들보다 노화가 빠르고 신체가 빨리 쇠약해진다. 몸이 일찍 마모되는 것이다.

나는 정신노동이 육체노동보다 젊음을 더 오래 유지시켜 준다고 믿는다. 하지만 사람은 자기 인생을 마음대로 선택하기가 힘들다. 누구나 특정 조건을 가지고 특정 환경 속에 태어나고, 그런 조건들이 방향을 정하는 경우가 많다.

사회적 약자들은 좋은 기회를 만나기가 쉽지 않다. 나는 이 사실을 잘 안다. 내 어머니는 가난했고 90세가 넘어서 돌아가셨다. 그녀는 자존심 때문에 내게서 돈을 받지 않았고 세상을 떠날 때까지도 힘들게 살았다. 말년에 말을 잃었고 세상과 화해하지 못한 채 운명했다.

그녀의 파란 눈 속에는 서슬 퍼런 분노가 들끓었다. 나는 엄마가 얼마나 실망했는지, 두 번의 전쟁과 남편, 딸이 그녀에게 준 상처들에 얼마나 분노했는지를 똑똑히 느꼈다. 엄마는 자신의 꿈이 좌절된 것에 깊은 원망을 품고 있었고 나를 바라보며 마치 이렇게 말하는 것 같았다. 그렇게 해야 했어? 이건 정말 어마어마한 배신이야! 나는 엄마의 마음을 십분 이해할 수 있었다.

2011년 나는 영국 웨일스의 시인 딜런 토머스Dylan Thomas에 대한 책을 썼다. 토머스는 평소 강인했던 아버지가 너무나 조용하고 순하게 세상을 떠나는 모습에 어쩔 줄 모르는 마음으로 그의 가장 유명한 시를 남겼다.

> 순순히 그 좋은 밤으로 옮겨 가지 말아요.
> 날이 저물 때 노년은 격렬히 타올라야 하리니.
> 분노해요, 노를 발해요, 꺼져가는 빛에 맞서!

그렇게 평온하게 밤속으로 들어가지 마요. 어두워지는 것에 맞서 분노해요….

나는 이 시를 내 어머니의 부고문에 적었다. 어머니도 이 시를 좋아했을 것이다. 나 역시 종종 이 시를 떠올린다. 평온하고 싶지만 세상에서 살다 보면 화가 나는 일들이 많다. 아마 마지막까지 그럴 것이다.

내 어머니가 세상을 떠난 요양원도 그러했다. 방치된 노인들이 매일같이 멍하니 앞만 쳐다보고 있었다. 세상과 연결된 스위치가 다 꺼진 것 같은 느낌이었다. 점심 식사와 저녁 식사를 기다리고, 비트겐슈타인이 말했던 것과는 다른 의미에서 죽음을 기다렸다. 물론 요즘에는 요양원에서도 이것저것 다양하게 활동에 참여할 수 있다. 그러나 그런 기회들이 정말 제대로 활용될까? 모두가 즐겁게 그런 활동에 참여할까? 반쯤은 이미 삶이 마모된 뒤에 그런 활동을 통해 그냥 살아 있다는 흉내만 내고 있는 것은 아닐까?

늙어가는 것을 배울 수 있을까? 연약해져만 가는 걸, 그럼에도 삶에 달라붙어 살아가는 걸 배울 수 있을까? 나탈리아 긴츠부르그는 《여자들》에서 이렇게 쓴다.

> 마음의 전율 없이 존재와 더불어 살아가기 위해 그들은 어느 시점부터 나이를 잊어야 한다. 그리하여 나이를 생각의 비밀스런 구석방에 몰아넣고, 그곳에 다시는 시선을 던지지 않은 채 살아간다. 그러나 그들은 그 구석에서 안개에 휩싸여 그들의 나이가 존재한다는 것을 안다. 존재할 뿐 아니라 매일매일 독초처럼 자라고 있다는 것

> 을! 동시에 그들은 가공할 속도로 허리가 굽고 머리가 하얀 할머니가 되고자 한다. 어서 이불 속 양털처럼 포실포실한 새하얀 곱슬머리를 가질 수 있기를 꿈꾼다. 그때가 되면 더 이상 견디기 힘들지 않고, 우스꽝스러워 보이는 대신 존경할 만하고 다정해 보일 것이기 때문이다. 누구도 더 이상 그들이 얼마나 늙었는지를 가늠하려 하지 않을 것이다. 그들은 그냥 노년의 화신이 될 테니까.

하, 50년 전에는 그랬다. 그사이 많은 것이 변했다. 존경받는 백발의 노년이라는 이미지는 점점 퇴색되었다. 우리는 옛날처럼 집 안에 눌러앉아 쿠션에 수를 놓고 양말을 깁고 인생 문제에 조언을 해주는 할머니들이 아니다. 우리는 삶에 적극 참여함으로써 노년에 대해 선입견을 가지고 있는 주변 사람들을 당혹스럽게 하기도 한다.

예전에 이탈리아의 벼룩시장에서 인간 삶의 단계를 상승과 하강 곡선으로 보여주는 그림을 구입한 적이 있다. 고령이 되면 기저귀도 다시 차고 힘이 없어 다른 사람들의 도움이 필요하므로 다시 아기와 비슷해진다. 이탈리아에서는 이를 '림밤비멘토'Rimbambimento라고도 부른다. '다시 아이가 되기'라는 뜻이다.

인간은 가장 오래 사는 생물 중 하나다. 몇몇 거북이는 인간보다 더 오래 살며 철갑상어는 150년, 황새는 100년을 산다. 하지만 이들 외에 인간보다 수명이 긴 생물은 별로 없다(물론 나무들은 더 오래 산다! 그래서 동물만 아니라 식물까지 따진다면 사과나무는 200년, 배나무는 300년, 참나무는 1,000년 이상, 매머드나무는 4,000년까지 산다. 이들을 따라갈 수는 없다).

하지만 우리 세대는 세상과 자연과 인간의 미래가 얼마나 위험에 처해 있는지 잘 알고 있다. 지구를 엉망으로 만든 것은 우리 자신이다. 아울러 이 사실을 자각하고 '왜'라는 질문을 던지며 질서를 다시 회복시키기 위해 뭔가를 해볼 유일한 존재도 우리 자신이다.

목사관에서 자랐고 종교학을 공부한 덕택에 나는 잘 알려져 있지 않지만 굉장히 놀라운 〈시편〉 구절을 암기하고 있다. 바로 〈시편〉 8편이다. 이 〈시편〉에서는 신을 찬양한 뒤 5-7절에서 이렇게 말한다.

> 인간이 무엇이기에 당신께서 그를 생각하시며, 사람이 무엇이기에 당신께서 그를 돌보아주십니까? 당신은 인간을 신보다 아주 조금 못하게 만드시고 (…) 당신의 손으로 만든 것을 인간이 다스리게 해주셨습니다.

아하! 인간이 그리도 불완전한 존재지만 창조주와 거의 동등한 위치에 있다고 하는 것이다. 우리는 하느님의 형상대로 지음받았기에(창조되었기에) 세상의 피조물 또한 우리의 손에 놓여 있다고 한다. 그 피조물을 선한 것 혹은 악한 것으로 만들지, 파라다이스를 보존할지 파괴할지가 우리 손에 달려 있는 것이다.

다시 나이 드는 문제로 돌아가보자.

나이 들면서 불쑥 이런 생각들이 떠오르곤 한다. 나이 든 사람들의 단 하나 진정한 두려움은 바로 돌봄이 필요한 상태가 되는 것이다. 그러면 소외되고, 의존하게 되고, 쓸모없는 존재가 되어 삶의 기쁨이 송두리째 사라져버릴 것이다. 정치학 교수 에마누엘 리히터Emanuel Richter는 그의 책 《시니어 민주주의》Seniorendemokratie에서 우리 사회의 고령화가 정치에 어떤 의미를 갖는지에 천착하며 이렇게 적고 있다.

> 병약한 노년은 공포의 대상으로 변해, 특히 온갖 피트니스 프로그램에 열심을 내지 않는 사람들의 눈앞에 경고처럼 들이대어진다!

제발 운동 좀 하라고, 그렇지 않으면 너희들 스스로에게 책임이 있는 거라고?! 약국을 둘러보면 치매, 요실금, 보행장애, 무기력, 내적 불안, 건망증, 불면증, 치질, 고혈압, 관절마모 등 다양한 질환에 복용하는 약들이 산더미처럼 쌓여 있다. 젊은 사람들은 옷과 신발, 가방, 다양한 종류의 화장품, 보톡스, 메이크업 등의 소비를 통해 행복해질 것처럼 부추겨지고, 노인들은 약, 연고, 파스, 따뜻한 실내화, 보행기로 행복을 찾아야 할 것 같은 분위기다.

약이니 건강 기구니 하는 것 역시 일종의 소비다. 너무 많아서 탈일 수도 있다. 그러나 이를 간파하고 부분적으로라도 거부하는 것은 쉬운 일이 아니다. 다시금 쇼펜하우어의 말을 살펴보자. 그는 노년에 대해 이런 영리한 말을 했다.

> 노후 빈곤은 큰 불행이다. 빈곤이 해소되고 건강을 유지할 수 있다면, 노년기도 그럭저럭 괜찮은 삶의 부분이 될 수 있다.

클라우디우스 자이틀은 얼마 전 〈프랑크푸르터 알게마이네 차이퉁〉에 "사회의 시간표는 예전 시대에 머물러 있다."라고 썼다. 가령 정년퇴직을 앞둔 근로자들이 은퇴에 적응할 수 있도록 미리부터 단축 근무를 하는 제도✦는 정말 구시대적이다. 나이 든 직원들은 이렇게 단축 근무를 하게 되거나 은퇴한다. 지식, 경험, 능력, 의욕 면에서 종종 젊은 동료들보다 더 나은데도 말이다.

왜 그들을 일찌감치 일에서 빼버리는 것일까? 노인들에게는 대출이 안 되고 사전 예방 차원에서 면허증도 압수한다. 마치 우리가 바보라도 된 것처럼. 디지털화에 따라가지 못하면 속절없이 뒤처져 업무에서 배제될 위험이 크지만 70세가 넘어도 얼마든지 컴퓨터, 휴대폰, 인터넷을 배울 수 있다. 쉽지는 않다. 하지만 배우지 않으면 뒤처진다.

작년에 암스테르담에 갔는데 나 혼자였다면 반 고흐 박물관의 입장권을 구하지 못했을 것이다. 요즘 반 고흐 미술관 입장권은 인터넷 구매만 가능하다. 시간을 지정하고, 결제하고, 핸드폰으로 티켓을 받는다. 내겐 어려운 일이라 친구가 도와줘야 했다.

많은 노인이 그런 일을 잘 못한다. 우체국과 은행 지점들이 자꾸 없어지고, 이제 예약 같은 것은 인터넷으로만 가능하다. 온라인 뱅킹, 기차표 예약, 호텔 예약 등 모든 것이 인터넷에서 이루어진다.

나 같은 사람에겐 정말로 쉽지 않다. 도와줄 수 있는 사람

✦ 'Altersteilzeit'라는 제도로 우리나라에는 없는 제도다.

이 있으면 다행이지만 디지털 세상에서 힘들어하는 노인들이 많다. 신분증을 갱신하는 일은 또 왜 그렇게 힘든지. 공무원과 전화로 이야기하다가 절망스러워하면 전화 저쪽에서는 대뜸 이렇게 말한다. 혹시 주변에 이런 걸 잘 아는 분이 있으신가요? 도움을 받으면 좋을텐데요. 나는 도움을 청할 수 있는 사람이 있다. 그러나 모두가 그럴 수 있는 것은 아니다. 그럴 때는 어떻게 해야 할까?

얼마 전 친구의 도움을 받아 인스타그램 계정(단어조차 생소하다!)을 열었다. 재미있긴 하지만 엄청나게 유치한 것들과 끔찍한 것들을 많이 만났다. 이곳에 이 모든 것이 돌아다니고 있다니! 정말 몰랐다. 이것이 이제 내 세계를 더 넓혀줄까? 아니면 더 초라하게 만들까? 아직 모르겠다. 아마 둘 다일 것이다.

보이스피싱에 당했다는 노인들 소식을 들으면 당황스럽다. 친척을 사칭하여 돈을 요구하거나, 요즘 도둑이 기승을 부린다며 보석이나 현금을 맡아주겠다고 하기도 한다. 심지어 신문에 난 부고 기사에서 정보를 얻어 유가족에게 전화를 걸어서는, 당신의 딸이 자전거 운전자를 차로 치어 지금 감옥에 있는데 보석금으로 얼른 2만 유로를 보내야 한다는 식으로 끔찍한 이야기를 꾸며대는 경우도 있다. 이미 슬픔으로 정신이 없는 노인들은 확인도 제대로 하지 않고 딸에게 한번 전화도 걸어보지 않고 돈을 보낸다(사기꾼들은 딸의 이름을 부고 기사에서 보고 알고 있는 상태다).

이 얼마나 악몽 같은 상황인가. 그런 일은 일어날 수 없다는 걸 노인들에게 충분히 설명해주어야 하지 않을까? 노쇠해지고 정신이 산란하고 걱정과 두려움이 클수록 이런 범죄에 쉽게 걸려든다. 한 여성 노인은 자신의 잘못으로 물값이 1만 5,000유로나 나온 걸 보고 놀라서 숨이 멎어버렸다. 이는 웃을 일이 아니다. 쓰라린 현실이다. 황당한 일이다. 그러나 그런 일이 일어나고 있다.

다른 한편으로 사람은 노년에도 새로운 상황에 적응할 수 있다. 나의 어머니는 80세에 시민학교에서 영어를 배웠는데 아주 즐거워했다. 영어를 배우며 새로운 사람들도 사귀었다. 시몬 드 보부아르는 50년도 더 전에 나이 듦에 대한 자신의 책에 이렇게 적었다.

> 한 사람이 생애의 마지막 15년 내지 20년 동안 그저 폐물로서 살아간다는 것은 우리의 문명이 실패했음을 보여준다.

나아가 보부아르는 더 신랄한 말도 한다.

> 노년이 한 사회 안에서 갖는 의미 혹은 무의미는 그 사회 전체를 돌아보게 만든다. 이를 통해 앞서 전 인생의 의미 혹은 무의미가 드러나기 때문이다.

이 부분에서 나는 우리 모두가 한마디씩 말을 보태야 한다고 생각한다. 즉, 내가 모든 걸 그저 수동적인 태도로 받아들였는가, 아니면 내 인생을 적극적으로 만들어나갔는가? 그저 행운과 우연의 문제가 아니다. 최소한 우리나라에서는 그러하다. 이는 용기와 힘, 노력의 문제이기도 하다.

나 역시 모두가 그렇게 할 수 있는 것은 아니라는 걸 안다. 누적된 불행으로 말미암아 자신의 힘으로 삶을 지탱하지 못하는 사회적 약자들은 돌보고, 도와주고, 개입해야 한다. 법적으로 제도가 마련되어야 한다. 가령 우리와 같은 복지 국가에서 노숙자들을 방치하는 것은 참을 수 없는 일이다.

나이 들수록 점점 더 멋있어졌던 헝가리 극작가 조지 타보리George Tabori는 보부아르의 노년에 대한 책을 혐오했다. 솔직히 나도 그 책을 더 이상 그리 좋아하지는 않는다. 타보리는 이렇게 말했다.

> 나이 들어가는 즐거움은 마담 드 보부아르 같은 테러리스트들로 인해 쓴맛이 난다. 그녀의 악명 높은 책은 정말로 그렇다. 그 책에는 사실을 열거해놓은 것 말고는 아무것도 건질 게 없다. 마르키 드 사드Marquis de Sade◆에게나 걸맞을 정도로 신나게, 보부아르는 노쇠한 육체를 덮치는 모든 재앙을 열거한다. 그렇게 그녀는 우리 노인네들을 썩어가는 게토로 추방해버린다. 이렇게 쇠약해져 가는 것이 태어날 때부터 우리의 운명이 아니기라도 하듯 말이다.

나는 보부아르를 조금 변호하고 싶다. 보부아르는 이 책을 62세에 썼고 이후 16년을 더 살았다. 나는 그녀가 책에 쓴 것처럼 자신의 노년을 "삶의 패러디"로 느끼지는 않았을 거라고 생각한다. 그녀의 이 교과서적인 책은 오늘날의 눈으로 보면 시대에 뒤떨어진 내용들이 많지만 보부아르의 결론은 여전히 감탄스럽고 옳다. 보부아르는 노년이 되면 특권층과 빈곤층 간의 격차가 심화되므로, 사회가 시급하게 더 나은 노후대책을 마련해야 한다고 강조한다. 그리고 다음과 같은 말로 책을 끝맺는다.

◆ '사디즘'이라는 용어의 모델이 된 프랑스의 소설가.

> 삶의 조건이 노인들에게 무슨 의미인지 이해했다면 단순히 노인 복지 정책을 개선하고, 연금을 인상하고, 주거환경과 여가 활동의 질을 높이는 것을 요구하는 것으로 만족하지 않을 것이다. 문제는 전체 시스템이며 요구는 급진적일 수밖에 없다. 바로 삶 자체를 변화시켜야 한다는 것이다.

이 말로 보부아르는 인간은 늘 인간으로서 대우받아야 하며 경제적으로 얼마나 유용한 존재인지로 판단되어서는 안 된다는 점을 피력하고 있다. 옳은 생각이다. 나아가 경제적으로 꼭 유용한 활동이 아니더라도 모든 이에게는 반드시 삶에 의미를 부여하는 활동이 있어야 한다고 나는 믿는다.

노년은 생물학적 현실일 뿐 아니라 문화적 현실이기도 하다. 서류상의 형식적인 나이가 있는가 하면 심리적 혹은 주관적, 감정적 나이도 있다.

형법은 범죄와 관련해 21세든, 40세든, 80세든 차이를 두지 않는다. 사람은 나이에 상관없이 자신이 한 일에 책임이 있다. 그런데 나이 듦이 어떤 것인지, 나이 든 이들을 어떻게 대할지 하는 것은 모든 사회에서 노인들이 아닌 외부에 의해 결정된다.

노인들을 대하는 태도는 시대마다 굉장히 달랐다. 노인들은 존경받기도 하고, 멸시되기도 했으며, 가족 내에서 보호받거나 부족에 의해 버려지기도 했다. 노쇠하고 쓸모없는 존재로 여겨지기도 했고, 삶의 지혜를 가진 존경할 만한 어른으로 평가받기도 했다.

이런 태도는 노인들 스스로가 어떻게 해볼 수 없는 부분이 있다. 우리 노인이 무가치한 존재로 여겨질지, 가치 있는 존재로 여겨질지는 사회가 우리에게 정해준다. 우리는 자연 상태에서 살아가지 않는다. 사회가 우리에게 노년에 해야 할 역할들을 정해준다.

그럼에도 오늘날 우리가 사회가 정해주는 역할들을 받아들일 것인지, 아니면 베르톨트 브레히트Bertolt Brecht✦가 "채신없는 할머니"라 불렀던 삶을 살아갈지는 우리 자신에게 달려있다. 채신없는 할머니 이야기는 브레히트가 1939년에 써서 1949년에 출간한 달력 이야기 중 하나다.

《채신없는 할머니》의 주인공은 바로 브레히트의 친할머니다(72세였다!!!). 다섯 자녀를 키우고 남편도 세상을 등지자 할머니는 갑자기 자신만의 삶을 살기 시작한다. 더 이상 음식을 만드는 데 열심을 내지 않고, 식당에 가서 외식을 하며, 새로운 친구들을 사귀고, 저녁이 되기도 전에 그들과 포도주를 마

✦ 독일의 극작가이자 시인.

신다. 자녀들이 화가 나고 걱정이 되어 성직자를 보내자, 그녀는 오히려 그를 극장으로 초대한다. 주변 사람들은 경악한다. 무엇보다 자녀들은 그녀가 손주들을 돌봐야 한다고 생각한다! 하지만 그녀는 그렇게 하지 않는다. 브레히트는 이렇게 쓴다.

> 자세히 보면 그녀는 연달아 두 개의 삶을 살았다. 첫 번째 삶은 딸로서, 아내로서, 어머니로서. 두 번째 삶은 단순히 B 부인으로서, 어떤 의무도 없는 독신으로 검소하게, 그러나 생계 걱정 없이 살았다. 첫 번째 삶은 약 60년 동안 지속되었고 두 번째 삶은 고작 2년에 불과했다.

할머니는 74세에 만족스럽게 생을 마감한다. 이야기는 이렇게 끝난다.

> 나는 그녀의 사진을 보았다. 임종 자리에 누운 그녀의 모습을 보여주는 사진으로, 자녀들을 위해 촬영된 사진이었다. 주름이 많은 아주 작은 얼굴. 얇은 입술에 커다란 입. 작은 것들이 많지만 좀스러운 것은 없었다. 그녀는 긴 세월의 예속과 짧은 세월의 자유를 맛보았고 인생

의 빵을 마지막 부스러기까지 모두 먹어치웠다.

아동문학가 아스트리드 린드그렌Astrid Lindgren이 한 아름다운 말이 있다.

늙은 여인들이 나무에 오르는 걸 금지하는 법은 없다.

정말 그렇다. 반면 카프카는 이렇게 말했다.

벌거벗고 건초 더미 위에서 뜀뛰기를 하는 노신사들은 내 취향이 아니다.

이 역시 맞는 말이다!

타보리가 보부아르의 책 속 노년의 결핍에 대한 묘사를 강하게 비판하고 거부했지만 로마 시인 유베날리스Juvenal는 1세기 또는 2세기경에 노년을 보부아르보다 훨씬 더 적나라하게 묘사했다.

고령의 나이가 되면 얼마나 많은, 얼마나 끔찍한 고통에 시달리는가! 우선 얼굴은 흉측하게 일그러져 알아볼 수 없게 되어버리고, 살결은 가죽처럼 거칠어지고, 볼살은 처지는구나. (…) 노인네들은 모두 똑같구나. 목소리는 떨리고 팔다리는 후들거리는구나. 훌떡 벗겨진 머리에는 더 이상 머리카락이 나지 않고 어린아이들처럼 늘 콧물이 흐르지. 불쌍한 노인네, 이가 없어 빵 조각을 씹기도 힘들고 (…) 입맛이 무뎌져 예전처럼 더 이상 와인과 음식을 즐길 수도 없네. 사랑이라? 사랑 같은 건 이미 잊은 지 오래. (…) 저마다 다른 통증을 안고 사는구나. 어떤 이는 어깨가 아프고, 어떤 이는 신장이 아프며, 어떤 이는 허벅지가 쑤시네. (…) 노인네는 더 이상 온전한 정신을 유지하지 못하지. 장수의 대가는 끊임없이 반복되는 상실과 끝없는 슬픔, 검은 옷을 입고 영원한 우울 속에 갇혀 살아가는 늙은이의 삶이로구나.

이것 참, 유베날리스가 노인들에게 한 방 먹였다. 몇천 년의 세월을 거슬러 우리는 그에게 외친다. 유베날리스, 당신은 풍자가였군요! 당신의 글을 풍자로 받아들이도록 하죠. 그는 우리 시대의 어마어마한 화장품 산업에 대해 전혀 알지 못했다. 우리는 노년에 무엇이 중요한지 알고 있다. 오늘날에는 모든 것을 해결해줄 세럼, 크림, 젤이 존재한다. 가죽 같은 얼굴은 더 이상 없고 다른 모든 것도 꽤나 잘 관리되고 있다. 화장품 산업은 매일같이 어떻게 하면 더 탄력 있고, 더 젊고, 더 생기 있어질 수 있는지 수많은 제안을 쏟아낸다. 속에서 작용하는 제품, 겉에서 작용하는 제품들을 판매하고, 광고에서는 주름지고 피곤한 여성들이 행복으로 반짝이는, 탄력 있는 여성들로 바뀌는 걸 보여준다.

이 모든 것은 비싸다. 만약 이런 화장품들도 도움이 되지 않는다면 뭐, 괜찮다. 성형외과 의사들이 기꺼이 우리의 피부를 당겨주고 시술을 해주기 위해 기다리고 있으니까. 마치 나이 든 것이 견딜 수 없는 오점이라도 되는 듯이 말이다.

이 이야기를 하니까 외모에 집착하는 여성들을 풍자하는, 에리히 캐스트너Erich Kästner◆의 신랄한 시가 떠오른다.

> 가슴을 물들이는 것이 유행이 된다면
> 혹은 가슴이 없으면 배라도 물들이는 것이
> 유행이 된다면
> 어려서 죽는 것이 유행이 된다면
> 혹은 손을 노랗게 무두질해
> 장갑처럼 보이게 하는 것이 유행이 된다면
> 그들은 그것을 하겠네.

◆ 독일의 대표 어린이책 작가이자 시인.

온몸을 검게 칠하는 것이 유행이 된다면
파리의 미친 거위들이
자신의 피부를 중국 비단처럼 주름 잡는 것이
유행이 된다면
네 발로 온 도시를 기어다니는 것이 유행이 된다면
그들은 그것도 하겠네.

현재는 입가를 귀 뒤까지 당기는 것이 유행이다. 눈 밑 다크서클을 제거하고 입술과 볼에 주사를 맞아 부풀리는 것, 즉 자신의 얼굴을 있는 그대로 받아들이지 않고 바꾸는 것이 유행이다. 안타깝게도 이런 조치는 유행이 지나도 되돌릴 수 없다. 계속해서 그런 얼굴로 살아갈 수밖에. 이제 마돈나는 할로윈 축제에 등장할 법하게 보인다.

무엇보다 공적인 자리에 서는 여성들은 절대로 나이 든 티가 나는 걸 원하지 않는다. 나이보다 나이를 감추기 위해 감행한 그 모든 시술이 얼굴에서 티가 나는 게 더 나은 것일까? 이제 나이와 외모를 자신감 있게 받아들일 때가 되지 않았을까? 그건 품위와도 직결되는 일이 아닐까?

물론 굳이 '품위 없는 노인'이라도 상관없다고 생각한다. 하지만 품위라는 말은 언제나 좀 생각해볼 여지가 있다. 나는 여든 살에 미니스커트를 입는 건 좀 품위가 없다고 생각한다. 마치 아직 젊고 탄탄한 몸매를 가지고 있어 모든 유행을 따라갈 수 있는 것처럼 행동하는 것은 오히려 품위를 저해할 수 있다. 그 예로 최근 인터뷰에서 다시 한번 70세로 돌아갈 수 있다면 뭐든 할 수 있다고 말한 77세 미국 가수 셰어는 늘 온갖 몰취미한 유행의 정점에 있다. 우스우면서도 보기가 좀 뭣하다.

그렇다고 해서 늘 쥐색, 베이지색의 헐렁한 윗도리에 고무줄 바지를 입고 실내화 같은 편한 신발만 신고 다녀야 한다는 뜻은 아니다. 꾸미는 걸 너무 나 몰라라 하는 것도, 너무 요란하게 치장하는 것도 똑같이 품위 없는 일이다. 여기서 정답은 아마도 중간 정도에 있을 것이다. 평소에 나는 뜨뜻미지근한 걸 미심쩍어하고 극단에 끌리는 편이지만 말이다. 옛날 68세대인 우리는 이런 말을 잘 알고 있다.

> 위험과 큰 위기의 순간, 중간 길을 가는 것은 곧 죽음이다.

그러나 여기서만큼은 아니다. 그런데 독설가인 도로시 파커Dorothy Parker◆는 이렇게 말했다.

◆ 미국의 시인이자 평론가, 풍자 작가.

나이는 옷과 같을 뿐. 평생 멋지게 입고 다니든가, 아니면 그냥 아무렇게나 지저분한 모습으로 무덤에 들어가든가.

여기선 또 둘 중 하나다. 중간은 없다.

순순히 그 좋은 밤으로 옮겨 가지 말아요.
날이 저물 때 노년은 격렬히 타올라야 하리니.
분노해요, 노를 발해요, 꺼져가는 빛에 맞서!

우리는 자신의 삶에 책임을 져야 한다

내겐 환상적인 절정과 끔찍한 나락이 모두 있었다. 하지만 나는 그 두 가지 모두를 기꺼이 감사하며 받아들였다. 나는 내 힘으로 피할 수 없는 것에 맞서 싸우지 않는다. 이는 나의 노년에 만족과 평온을 준다. 완곡하게 '생명 유지 장치'라 불리는 것들 역시 나는 사용하지 않을 것이다. 이런 것들은 삶을 더 가치 있게 만들어주는 것이 아니라 죽는 과정만 연장시킬 뿐이니. 거기까지 이르렀는데 내가 왜 그런 조치들을 취하겠는가?

내 친구는 시한부 진단을 받고 나서 며칠 뒤 스스로 생을 마감했다. 의사가 '3개월 정도' 남아 있을 거라고 했지만 친구는 그 시간을 기다리지 않았다. 조각가이자 두 아들의 어머니였으며 손주들의 할머니였던 내 친구 엘리엔은 마지막 시간에 꽤 아늑한 호스피스 병동에 머물렀다.

엘리엔은 눈을 감은 채로 늘 미소를 짓고 있었는데, 간혹 눈을 떠서 나를 보며 말했다.

"모든 것이 놀랍지 않아? 그리고 여긴 참 조용해서 좋아, 그렇지?"

또한 나는 예술가인 마리 바우어마이스터Mary Bauermeister가 세상을 떠날 때까지 친구로 지냈다. 마리가 작곡가인 칼하인츠 슈톡하우젠Karlheinz Stockhausen과 함께한 우여곡절 많았던 결혼 생활에 대한 책을 내기 위해 나와 협업을 하면서부터 우리는 친구가 되었다.

그녀 역시 마지막을 호스피스 병동에서 보냈고, 끝까지 그림을 그리고 글을 썼다. 한 번도 불평하지 않았고 너무도 평화롭고 아름다운 모습이었다. 반항하지도 불복하지도 않았으며 마지막은 행복과 감사로 가득한 내려놓음이었다. 나도 그렇게 죽고 싶다. 다 내려놓고 미소 지으면서.

헬가 슈베르트Helga Schubert는 나이 듦과 남편의 질병 이야기를 담은 책《오늘 하루》Der heutige Tag에 대해 이렇게 말한다.

> 이것은 내려놓고 받아들이는 것, 화해하는 것, 동의하는 것, 끊임없이 타인과 자신 그리고 삶을 바꾸려 하지 않는 것에 대한 이야기다.

모두 맞는 말이다. 그럼에도 점점 나이 들어가는 우리는 더 이상 안 되는 일들을 느끼고 차츰 중단되어가는 것들에 대해 이야기한다. 스위스 작가 이졸데 샤트Isolde Schaad는 이를 유머러스하고 예리하게 표현했다.

> 중단한다는 것. 그건 가장 어려운 시작. 첼로 켜는 걸 그만두고 하이힐을 신는 걸 그만둔다. 분개해서 논박하는 글을 마구 자판으로 두드리거나 독자들에게 보내는 편지를 쓴 뒤 쓰레기통에 처박아 넣는 걸 그만둔다. 설피를 신고 알프스를 누비는 꿈을 꾸는 것도 그만. 오랜 세월 목록에만 넣어놨던 여행을 계획하는 것도 그만. 늦기 전에 가봐야지 했던 산, 산봉우리, 동경하던 도시와 나라. 이제는 너무나 늦어버렸다.

뭐, 모든 것을 그만두지는 않아도 된다. 나는 여전히 논박하는 글을 자판으로 두드려서 보내기도 한다. 논쟁은 늘 나를 생기 있게 만드니까. 하지만 그 밖에는… 설피라? 아마도 그건 더 이상 안되겠지.

독일의 싱어송라이터 마리안 골드Marian Gold는 〈포에버 영〉Forever Young이라는 노래를 불렀다. 골드와 내가 자를란트 방송국의 텔레비전 방송에서 주는 'Goldene Europa'상◆을 받던 해에 골드는 밴드 알파빌의 멋진 보컬이었다. 나는 그때 무대 뒤에 서 있었다. 1984년 나는 마흔한 살이었고 골드는 갓 서른이 되었을까. 나는 이미 '포에버 영' 같은 건 불가능하다는 걸 알고 있었고 그는 아직 알지 못했다.

어느 순간 사람은 더 이상 영원히 젊어지고 싶지도 않게 된다. 위대한 레너드 코헨Leonard Cohen은 그의 마지막 노래에서 다음과 같이 노래한다.

> 백만 개의 촛불이 타오르네요
> 결코 오지 않은 사랑을 위해.
> 더 어두워지길 원하신다면
> 우리는 불을 끄겠습니다.

◆ 독일의 가장 큰 음악상 중 하나. '유럽의 그래미'라고 불렸다(1968-2003년).

요즘엔 공식석상에서 더 이상 '할머니', '할아버지' 같은 표현을 쓰지 않는다. 그보다는 베스트 에이저Best Ager, 골디Goldies라고 부른다. 우리는 실버 에이저Silver Agers 또는 플러스 세대Generation Plus로서 제3기 인생을 거치며 액티브 에이징active aging을 실현하고 있다. 특히 멋진 표현으로는 그램피즈Grown active moneyed people in excellent state, Grampies가 있다.

이게 다 무슨 정신없는 말들이지? 우리는 그냥 늙었을 따름이다! 생각해보라. 늙는 것은 삶의 자연스러운 일이며 젊어서 죽지 않는 이상 누구나 늙는다. 누군가가 이런 말을 했다. 삶의 기술이란 젊어서 죽되, 가능하면 늦게 죽는 것이라고.✦

> 그리하여 오늘날 60세가 되었음에도 거울을 보며 조금도 나이 든 티가 나지 않고 노인의 품격이 느껴지지 않는 사람은 노년을 새롭게 정의한 것이 아니다. 그저 젊음을 최대한 끝 간 데까지 연장한 것이다.
>
> _클라우디우스 자이틀, 〈프랑크푸르트 알게마이네 차이퉁〉

비틀스는 예순넷 이상의 나이는 상상할 수 없어 했다.

✦ 젊은 모습으로 가능하면 오래 사는 것이 기술이라는 뜻.

내 나이 예순네 살이 되어도 여전히 내가 필요할까?

그때도 내게 밥을 차려줄 거야?

데이비드 보위David Bowie는 2013년 한 노래에서 이렇게 물었다.

우리는 지금 어디쯤 와 있는 걸까?

이때 그는 예순여섯이었고, 이후로 3년 더 살고 갔다. 그는 이 곡에서 멜랑콜리에 젖어 베를린에서 보낸 세월과 죽은 자들을 돌아본다. 고인들은 그로 하여금 "그저 죽은 사람처럼 서성이며"라는 노랫말을 떠오르게 한다. 라디오 방송에서는 너무 우울하다는 이유로 이 노래를 거의 틀지 않았다. 다시 한 번 우울depression과 우울의 더 순한 자매인 멜랑콜리melancholy가 혼동되었던 것이다.

어디선가 주워들은 말인데 멜랑콜리는 질병이 아니라고 한다. 멜랑콜리는 가치에 대한 일련의 회의 끝에 다다른 최종 상태일 뿐이다. 그리고 출구가 보이지 않는 절망의 지하층에 있다 해도 언젠가는 다시 희망의 빛을 밝힐 수 있다.

이탈리아 영화감독 루키노 비스콘티Luchino Visconti의 걸작 영화 〈레오파드〉가 생각난다. 그 영화에서 알랭 들롱이 분한 젊고 당돌하며 잘생긴 탄크레디는, 나이 들어서도 너무나 잘생긴 버트 랭카스터가 분한 삼촌 살리나 대공에게 벌써 죽음과 시시덕거리고 있느냐며 조소한다.

탄크레디는 나이 든 삼촌의 멜랑콜리를 이해하지 못하지만 살리나 공작은 잘생긴 젊음 앞에서 자신의 쇠락을 역력히 느끼고 아울러 시칠리아와 자신의 성, 자신을 둘러싼 모든 것이 바야흐로 쇠락해가는 걸 느낀다. 그는 영혼 깊숙이까지 지쳐 있다. 그리하여 삶 그리고 나이 듦은 그저 하나의 긴 고통일 따름이고 죽음은 부드러운 친구처럼 반갑다. 마르틴 발저는《학대당한 짐승》Das geschundene Tier에서 이렇게 썼다.

> 망각의 거장이 되지 못한다면 그대는 기억이라는 중환자실에서 피 흘리며 죽어갈 것이다.

나는 종종 젊은이들이 노인들에게 대체 무엇을 기대하는지 자문하곤 한다. 빠져주기를? 계속하기를? 조용히 침묵하기를? 포기하기를? 우리는 결코 의견을 내세워서는 안 되며 탄식하거나 눈에 띄거나 (아주 까다로운 주제지만!) 성적인 관심을 가져서는 안 된다. 아, 너희는 정말 모르는구나. 마치 나이가 들면 자동으로 다른 사람이 되기라도 하는 것처럼. 늘 싸워온 사람은 여든이 되어도 싸움을 멈추지 않으며 많이 사랑했던 사람은 연령 제한에 이르렀다고 사랑을 멈추지 않는다. 정열의 불꽃은 전보다 잦아들겠지만 사랑과 다정함은 결코 쇠하지 않는다.

아인슈타인은 수학과 물리학에만 정통했던 것이 아니었다. 그에겐 일주일에 한 번 찾아오는 여자 친구가 있었고 그 시간이 되면 아인슈타인 부인은 시내로 장을 보러 갔다. 그는 어쩌면 '상대적인'relative 남편이었을지도 모른다. 그는 "우리 몸의 윗도리는 생각하지만 아랫도리는 운명을 결정한다."라고 말했다.

고대 철학자 키케로는 자신의 유명한 저작 《노년에 관하여》에서 젊은 시절 많은 불행을 초래했던 욕망과 격정이 나이 들어 드디어 잠잠해진 것을 기뻐한다. 그리고 이렇게 적는다.

> 물론 욕망을 느끼지 못하는 자는 결핍도 느끼지 못한다.

그가 틀린 건 아니겠지.

이런 면에서 에세이 작가이자 페미니스트인 실비아 보벤셴은 굉장히 재밌다. 그녀는 나이 듦에 대해 깊이 고민해왔으며 나처럼 성 혁명을 외치고 반권위주의 운동을 벌였던 68세대 출신이다. 그녀는 노년의 활발한 성생활을 무조건 지지한다고 하면서도 "다만 나는 거기에 함께하고 싶지 않을 뿐"이라고 썼다.

나는 다르다. 나이가 많은 남성이 종종 아주 젊은 여성과 사귀는 건 흔히 있는 일로 여겨지지 않는가. 그런데 나이 든 여성이 젊은 남성과 사귀거나 결혼하는 건 흠, 굉장히 부끄러운 일처럼 여겨진다! 그래서 나는 프랑스의 에마뉘엘 마크롱 대통령과 그의 아내가 다정하게 지내는 모습을 볼 때마다 기쁘다. 그리고 브라질 작곡가이자 지휘자인 시킨냐 곤자가 Chiquinha Gonzaga의 이야기를 곧잘 도마 위에 올린다. 그녀는 52세의 나이에 16세 젊은 음악가와 사랑에 빠졌다. 스캔들을 피하기 위해 그를 양자로 입양해 죽을 때까지 함께 살았다. 그녀는 87세까지 살았고 그때 그 음악가는 52세였다.

프랑스 배우 파니 아르당은 영화 〈더 영 러버스〉The Young Lovers에서 자신보다 훨씬 젊은 남성과 사랑에 빠진다(그도 그녀를 사랑한다. 그녀는 75세, 그는 45세다!) 인터뷰에서 파니는 이 영화에 대해 이렇게 말했다.

"우리는 지금 퇴보해 있어요. 19세기 문학을 봐요. 발자크, 스탕달, 플로베르의 소설에서는 모든 여성이 젊은 남성과 사랑에 빠집니다. (…) 나이 차가 많이 나는 연하의 남성을 사랑하는 것은 현대 사회에 남은 마지막 금기 중 하나예요. 사람들은 사랑이라 하면 성을 떠올리고 성을 말하면 육체를 떠올리죠. 더 이상 괴테의 《친화력》에서처럼 영혼에 대해 이야기하지 않아요."

나이 든 여성과 젊은 남성이라는 구도가 여전히 금기인 것은 굉장히 이상한 일이다. 대체 그 뒤에 얼마나 좁은 사고방식이 깔려 있는 것일까? 분명한 사실은 연상의 여성들은 젊은 남성들에게 걱정을 끼치지 않으며 부양받을 필요도 없고 아이도 (더 이상) 원하지 않으며 사랑에 대해서도 잘 알고 있다는 것이다. 이런 관계는 대체로 잘 작동한다.

메테르니히 후작 부인은 여든 살에 누군가 그녀의 사랑 이야기를 놀라워하자 이렇게 말했다고 한다.

"난 이제 여든 살이에요. 대체 어떤 명목으로 내가 사랑을 포기해야 한다고 생각하시는 건가요?"

1900년생인 쥘리앵 그린은 1998년 6월 19일자 일기에 이렇게 적었다.

> 그렇다. 이젠 내가 늙었구나 하고 느끼는 시간들이 있다. '마지막으로'라는 말이 거의 튀어나올 뻔한다. 하지만 조용한 음성이 내 안에서 반항적으로 들고 일어나고, 예전의 모든 열정이 보이지 않는 마음속에서 들끓어 오른다. 이런 마음은 우리 모두에게서처럼 내 마음속에도 계속 살아 있다. 가장 내면에서 사람은 결코 늙지 않는다.

로르 아들레르Laure Adler는 그녀의 멋진 책 《노년 끌어안기》에서 쥘리앵 그린의 위 문장들을 인용한다. 아들레르의 책은 노년의 세계로 떠나는 여행 일기로, 나이 든 여성들과 나눈 대화들을 전해준다. 아들레르가 만난 여성들은 운이 좋아 이렇게 오래 살 수 있었다며 감사해하며 자신들의 모습에서 나이 먹은 티가 나기를 원한다고 말한다.

나는 누군가가 내게 "여전히 좋아 보이시네요."라고 말할 때 그 말이 칭찬같지 않다. 은근한 멸시와 폄하가 느껴진다. '어머나, 이 할머니, 아직 정정하네'라는 뜻인 것이다.

이게 무슨 칭찬인가? 이런 독을 품은 칭찬은 하지 말기를.

나는 내가 어떤 모습인지 스스로 잘 알고 있다. 내게 대체 뭘 기대했단 말인가? 시들어버린 감자 같은 모습? 나는 아직 살아 있다. 그리고 내 나이를 결코 형벌로 느끼지 않는다. 아들레르가 썼듯이 "늙음은 우리가 과거에 맛보았던 모든 행복에 대한 대가로 지불해야 하는 것이 아니다".

수전 손택Susan Sontag이 1972년에 쓴 에세이 《노화의 이중 잣대》The Double Standard of Aging의 내용은 지금도 유효하다. 손택은 이 에세이에서 남성과 여성이 서로 다르게 나이 들어가는 것에 대해, 남성과 여성의 나이 듦이 사회적으로 어떻게 평가되는지에 대해 썼다. 이를 한마디로 요약하면 여자는 시들고 남자는 원숙해진다는 것이다. 여성은 보통 외모로 평가받고 남성은 사회적 지위로 평가받는 사회적 상황에서 여성의 흰머리는 노화의 상징이지만 남성의 희끗한 귀밑머리는 매력으로 작용한다.

아, 아무런 저항 없이 이런 말을 그냥 순순히 받아들일 것인가? 도살장으로 끌려가는 어린 양처럼 이런 기준에 고분고분 복종할 것인가? 우리 여성들도 멋지게 나이 들 수 있으며 남성도 볼품없이 늙을 수 있다. 언제나처럼 그 반대의 경우도 가능하다. 그러나 사람들의 머릿속에는 너무나 오래된 고정관념이 자리 잡고 있다. 남자는 나이 들며 더 매력적이 되고 여자는 추해진다는…. 이 무슨 어리석은 소리란 말인가.

이브 몽탕Yves Montand과 결혼했던 시몬느 시뇨레Simone Signoret는《온전한 기억들》Ungeteilte Erinnerungen에서 이렇게 쓴다.

> 몽탕과 나, 우리는 동갑내기다. 그는 내 옆에서 내가 늙어가는 것을 보았다. 반면 나는 그의 옆에서 그가 원숙해지는 걸 보았다. 남자들에 대해서는 나이 들며 원숙해진다고 말하지 않는가. 그들의 흰머리는 은빛 머리라 불리고 주름은 그들의 얼굴을 조각해준다. 반면 주름은 우리 여자들을 추하게 만들 뿐이다.

프랑스 작가 시도니가브리엘 콜레트Sidonie-Gabrielle Colette는《셰리》와《셰리의 죽음》Chéris Ende이라는 연작 소설에서 열아홉의 잘생긴 청년 프레드의 이야기를 들려준다.

프레드는 모두에게 그저 '셰리'라는 이름으로 불리는데 셰리의 엄마는 세상 경험이 풍부하고 남자 경험이 많은 자신의 친구 레아를 아들과 엮어준다. 셰리는 자신보다 족히 서른 살이 많은 레아에게서 예의범절과 세련된 태도, 교양(문화) 그리고 성에 대해서도 배운다. 두 사람은 심지어 서로 사랑하게 되고 6년을 함께한다. 레아의 지도하에 셰리는 매너 좋고 세련된 남자가 된다. 그런 다음 와야 할 것이 온다. 익히 예상할 수 있듯이 그는 그녀를 떠나 젊고 예쁜 에드메와 결혼한다. 하지만 에드메와의 결혼 생활에 엄청 지루함을 느낀다.

결국 5년 뒤 셰리는 다시 레아에게 돌아온다. 하, 그런데 셰리가 갑자기 자신을 떠난 것에 충격을 받았던 레아는 이 마지막 연인을 떠나보낸 뒤, 더 이상 꽉 끼는 코르셋을 입거나 진한 향수를 뿌리거나 머리 염색을 할 마음이 없어진 상태다. 이제 그녀의 머리는 하얗게 세었고 나이는 쉰이 훌쩍 넘었다.

셰리가 찾아온 날, 레아는 셰리에게 문을 열어준다. 콜레트는 이런 그녀의 모습을 묘사하는데, 문학사상 노화에 대한 이보다 더 처참한 묘사가 또 있을까 할 정도다.

> 레아는 셰리와 창 사이에 서 있었다. 그녀의 단단하고 거의 입방체처럼 보이는 몸집에 그는 처음에는 전혀 당황하지 않았다. 그러나 그녀가 자리로 가기 위해 움직이는 순간, 그녀의 얼굴이 드러났다. 그는 마치 무기를 든 광인에게 애원하듯 속으로 그녀에게 간절히 애원하기 시작했다. 그녀의 피부는 빨갰다. 약간 푸석푸석하고 붉었다. 그녀는 이제 얼굴에 분칠 따윈 하지 않았고 누런 이빨을 드러내며 웃었다. 축 처진 넓은 뺨과 이중 턱을 가

진, 건강한 늙은 여자. 코르셋과 속박에서 해방되어 자신의 살의 무게를 지탱하고 다닐 수 있는 여자가 거기 있었다.

레아는 셰리가 놀라는 걸 보고 한술 더 떠 이렇게 말한다.

"꼬마야, 어디서 이런 몰골을 하고 나타난 거니? 영 좋지 않아 보이는데?"

소설의 마지막에서 셰리는 권총으로 스스로 목숨을 끊는다.

나는 나이 든 여성을 비하하는 세태가 아주 천천히, 조금은 변하고 있다고 느낀다. 사람들은 이제 나이 든 여성이 무조건 여성성을 잃고 칙칙한 중성성의 영역으로 들어가는 건 아님을 깨달아가고 있다.

나는 나이 들어서도 당당하고 유쾌하게 살아가는 여성들이 거의 오늘날의 아방가르드처럼 느껴진다. 여든 살 먹은 남자들이 늙은 여자들을 좋아하지 않는다고? 우리 역시 여든 살 먹은 남자들을 원하지 않는 걸. 남자들이 할 수 있는 건 우리도 할 수 있고, 홀로 지내는 경우 더 젊은 반려자를 구하고 찾을 수 있다.

화살은
이미 명중했다

결국 모두가 자신이 책임지고 자신이 원하는 삶을 살아가면 되는 게 아닐까? 평생 수많은 남자와 자유분방한 연애를 했던 프랑스 작가 조르주 상드George Sand는 우울해하는 귀스타브 플로베르Gustave Flaubert에게 이렇게 썼다.

> 넌 곧 인생에서 가장 행복한 시기에 접어들 거야. 그건 바로 '노년'이지.

제인 폰다는 한 인터뷰에서 자신이 여든 살에야 비로소

"가게"(!) 문을 닫았다고 말했다. 여성들은 보통 이런 이야기를 공개적으로 하지 않지만 나는 어떤 여성을 보면 그 '가게'가 굴러가는지 아닌지 알 수 있다고(표시 난다고) 믿는다.

여성들은 40대 중반을 넘어서면 엄마가 되기란 거의 불가능하다. 그러나 로버트 드 니로와 알 파치노는 여든이 넘어 아빠가 되었고, 앤서니 퀸은 81세에 열네 번째 자녀를 얻었다. 찰리 채플린은 73세, 파블로 피카소는 68세, 산악 영화에 출연한 배우이자 영화감독인 루이스 트렌커는 96세에 마지막 아이를 얻었다. 아마도 96세가 최고령 기록일 것이다. 그런데 이게 도전할 만한 일일까?

위대하고 영원한 이야기책인 성서에는 아주 특별한 나이대가 등장한다. 아담, 므두셀라, 노아 모두 900세가 넘게 살았다는 것을 기억할 것이다. 사라는 90세의 나이에 아들 이삭을 낳았고 그 뒤 약 30년을 더 살았다. 그러나 어느 순간 갑자기 이런 말이 나온다.

> 우리의 수명은 70년, 강건하면 80년. 그 가운데 자랑거리라고는 수고와 고생뿐이며, 그마저도 빠르게 지나가버리니 우리가 날아가는 듯합니다.
>
> _〈시편〉 90편 10절

나는 방금 돋보기 안경을 쓰고 글씨가 작은 어린이 성경에서 이 구절을 찾아보았다. 두 구절 뒤, 12절에서는 이렇게 말한다.

> 우리의 인생이 얼마나 짧은지 생각할 수 있도록 가르쳐 주셔서 지혜로운 마음을 얻게 해주십시오.

시인 라이너 마리아 릴케는 막 서른 살이 된 1905년, 헝가리 극작가 아서 홀리처Arthur Holitscher에게 이렇게 썼다.

> 친애하는 친구여, 난 연륜을 믿는다오. 일하고 나이 들어가는 것. 이것이야말로 삶이 우리에게 기대하는 것이지요. 그리고 나서 어느 날 우리는 나이가 들 테고, 그때도 아직 모든 걸 이해하지는 못하겠지요. 그래요. 하지만 그래도 무언가를 시작하고 어렴풋이 깨달을 수는 있을 거예요. 저 머나먼 것과 형언할 수 없는 것들과 연결될 수는 있을 거예요. 저 별들에게 이르기까지 말이에요.

아, 릴케. 늘 감상적이었던 이. 그는 정작 노년을 경험하지는 못했다. 쉰한 살의 나이로 세상을 떠났으니. 그리고 홀리처는 노년을 즐기지는 못했다. 완전히 빈털터리가 되어 제네바의 구세군 숙소에서 생을 마감했다. 그래도 추도사는 로베르트 무질이 해주었다.

우리는 이제 노년을 온갖 덫으로 가득한 비극적인 운명이 아니라 삶의 기술로 받아들이기 시작했다. 그리고 무엇보다 한탄하지 않는다. 늘 징징대고, 늘 자신의 생각이 옳으며, 늘 불만투성이에, 늘 다른 사람이나 상황을 탓하며, 늘 자기는 손해를 보고 있을 뿐 잘못이 하나도 없다고 생각하는 사람들. 맙소사, 이런 사람들은 반드시 피해 다녀야 한다. 나이가 들면 더더욱 그러하다.

독일 작가 마리 루이제 카슈니츠Marie Luise Kaschnitz는 저서 《장소들》Orte에서 이렇게 썼다.

> 내게 나이 듦은 감옥이 아니라 발코니다. 그곳에선 더 멀리 그리고 동시에 더 정확히 볼 수 있다.

나이 들어가며 외로움도 더해지면 참 힘들다. 때때로 혼자 있는 시간은 굉장히 놀라울 수 있다. 그러나 외로움은 차갑고 절망적이다. 쥘리앵 그린은 소설 《지상의 이방인》Fremdling auf Erden에서 이렇게 적었다.

> 갑작스레 슬픔이 엄습해오곤 한다. 외롭게 살다 보니 그럴 것이다. 이런 슬픔은 대개 저녁에 밀려온다. 그럴 때면 지상에 내려앉은 밤이 영영 다시 가버리지 않을 것만 같다. 그럴 때면 이성도 아무 도움이 되지 않고 내 모든 생각이 도리어 절망을 더 깊게 만들 따름이다. 그런 시간에 유일한 구원은 독서다.

(하지만 그는 1996년 4월, 자신의 일기에 이렇게 적었다. "우리가 알던 책은 죽어가고 있다. 못쓰게 되어버린 언어와 함께 사라지고 있다." 이때는 아직 젠더중립언어조차 논의되지 않았을 때였다.)

독서는 과거에도 그랬고 지금도 여전히 나의 해결책이다. 우리 모두가 기분 좋은 홀로 있음뿐 아니라 마음이 힘들어지는 외로움을 경험한 적도 있을 것이다. 그러나 외로움에도 단계가 있다. 특히 나이 들면서 일부러 외로움을 선택하는 경우도 있다. 사람들과의 만남에서 비롯되는 고통과 근심을 피하기 위해 사람들과 거리를 두는 것이다. 프로이트는 《문명 속의 불만》에서 이런 고독을 고통을 피하는 기술로서 논하기도 한다. 고독을 방패로 삼는 것이다. 하지만 이는 외로움이 고착화되지 않은 상태에서만 그러하다. 늘 외롭기만 한 것은 노년에는 위험이 될 수 있기 때문이다.

니체의 차라투스트라는 “10년 동안 고독에 물리지 않았다.”면서 그것을 “푸른 하늘 빛 고독”이라 불렀지만 ‘저주받은 고독’이라 부르기도 했다. 그리고 결국 그는 다시 산에서 내려와 사람들 곁으로 돌아왔다. 완전한 고독 속에서는 살 수 없었기 때문이다. “시린 외로움”이 그를 떨게 만들었다. 니체는 또한 이렇게 썼다.

> 그러나 네가 만날 수 있는 가장 무서운 적은 언제나 너 자신일 것이다. 너 자신은 동굴과 숲에서 너를 노리며 매복해 있다. 고독한 자여, 너는 너 자신에 이르는 길을 걷고 있는 것이다!

우리는 이를 알고 있지 않은가? 우리는 내면 가장 깊은 곳에서 늘 혼자다. 그리고 이런 가장 내밀한 외로움을 견디기 위해 사람들과의 관계를 필요로 한다. 나이가 들수록 이 사실을 깨닫고 의식적으로 노력해야 한다. 그렇지 않으면 노년에 마음이 견딜 수 없이 시릴 수 있다.

철학자 한스게오르크 가다머Hans-Georg Gadamer는 고독과 고립을 구분했다. 고독은 (자발적인) 포기이고 고립은 상실이다. 잃어버리는 것은 단념하는 것보다 더 고통스럽다.

'홀로 있는 시간은 삶의 일부지만 홀로 있을 때 찾아오는 우울감에도 대처할 수 있어야 한다. 와인을 한잔 마신다거나, 산책을 한다거나, 좋은 사람과 전화 통화를 한다거나, 바흐의 칸타타를 듣는다거나 또는 책을 읽는다거나…. 슬픔과 멜랑콜리를 느끼는 건 삶의 자연스러운 모습이다. 젊은이들이건 나이 든 이들이건 마찬가지다. 슬픔과 멜랑콜리는 인간 삶에 동반되는 보편적 감정이다.

요즘 많은 사람들이 우울증 진단을 받는다. 그중 일부는 어쩌면 그저 멜랑콜리를 느끼는 것뿐일지도 모른다고 생각해본다. 최소한 회색지대는 존재하지 않을까. 그런 경우 치료는 어렵고, 약물치료는 자칫 위험할 수 있다.

멜랑콜리는 왔다가 가는 덧없는 손님이다. 어두운 가을날, 고요한 밤, 아름다운 시간을 추억할 때, 슬픔의 시간에 찾아온다. 반면 우울증은 도움을 구해야 하는 질병이다. 이상과 현실 사이의 깊은 괴리가 우울과 불안이 침입하는 틈새가 아닐까. 이런저런 것들을 우리는 그리도 아름답게 상상했는데…, 지금은?

외로움은 사람을 멜랑콜리하게 만들 수 있고, 심하면 질병이 될 수도 있다. 노인뿐 아니라 젊은 사람들도 마찬가지다. 심한 외로움에 시달리는 젊은이들이 점점 많아지고 있다는 신문 기사를 보았다. 젊은 사람들은 휴대폰으로 소통한다. 사실 나는 "옛날에는…"으로 시작하는 문장을 내뱉지 않겠다고 늘 스스로 다짐하곤 했다. 옛날이라고 모든 것이 더 좋지는 않았다. 그리고 과거 따위는 오늘날 아무도 관심이 없다. 하지만 옛날에 우리는 휴대폰을 들고 각자 방 안에 앉아 있지는 않았다. 우리는 길모퉁이에 서서 담배를 피우고 시시덕대고 떠들어댔다.

이제 다시 잊어주길. 나는 "옛날에는 이러이러했어."라고 말하고 싶지 않다. 하지만… 그렇지 않다면?

1미터 50센티미터의 작은 체구지만 어마어마한 에너지에 번뜩이는 지성의 소유자인 미국의 유명한 성치료사, 루스 웨스트하이머Ruth Westheimer 박사◆가 최근 뉴욕주 최초의 '외로움 명예대사'로 위촉되었다. 그녀를 알게 된 건 커다란 행운이다. 그녀의 밝은 기운은 전염성이 강하기 때문이다.

미국에서 루스 박사를 모르는 사람은 거의 없을 것이다. 그녀는 라디오와 텔레비전에 나와 솔직한 입담으로 성적 문제에 대해 조언을 해왔다. 하지만 이렇게 두려움 없고 용기 있는 사람으로 말년에 외로움과 싸우는 이들에게 조언을 해주게 된 것은 그녀 자신이 아마 크나큰 외로움에 시달려보았기 때문일 것이다.

◆ 홀로코스트 생존자로 미국에서 성심리 전문가이자 토크쇼 진행자로 활약했다. 2024년에 96세로 작고했다.

루스 박사는 1939년, 유대인 아동으로서 가까스로 나치의 손아귀에서 벗어나 스위스 보육원에서 자랐다. 그녀는 아이들 사이에서도 외로움을 느꼈고, 그 뒤 이스라엘 키부츠에서 살 때도 그랬다. 그러다 마침내 뉴욕에 와서야 외로움에서 벗어날 수 있었다. 그리하여 그녀는 외로운 사람들이 겪는 고통에 공감하며 성 명예대사가 되어 이에 맞서 싸우고자 일어났다. 아흔다섯의 나이에 말이다. 브라보, 루스 박사!

영국에서는 2018년에 '외로움' 문제를 담당하는 부처를 신설했다. 2023년의 설문조사에 따르면 독일인 넷 중 한 사람이 외롭다고 느낀다고 한다. 수많은 사람 속에 뒤섞여 살아가지만 외롭고 불행하다고 느낀다. 어떻게 그럴 수 있을까?

평생 인간관계가 별로 없었거나 죽음이나 이별로 주변 사람들이 하나둘 가버렸다면 노년에 어떻게 행복하게 살아가야 할까? 하지만 출구는 있다. 언제 어디서든 사회에 참여하고 관계를 맺을 수 있는 길들이 있다. 도움이 필요한 곳은 많다. 그렇다고 인간은 반드시 적극적이어야 한다면서 나이 든 사람들에게 활동적인 삶을 강요하려는 건 아니다. 꼭 그래야 하는 건 아니다.

삶에서 인간관계나 삶의 의미가 부족하다 느낀다면 좀 더 활동적으로 지내도 좋을 것이다. 만약 내게 친구들이나 일(조앤 디디온이 이야기하는 활력!)이 없었다면 나는 어딘가 무료 급식소에서 수프를 나누어 주거나 난민들이 독일 관공서에서 문제를 해결하도록 도와주고 있을 것이다. 나는 관료들과 티격태격하는 걸 무척 좋아하니까! 확실한 건 전화기 옆에 덩그러니 앉아 막스 라베Max Rabes의 노래 〈아무도 내게 전화하지 않네〉Kein Schwein ruft mich an나 듣고 있지는 않을 것이라는 사실이다.

우리 나이 든 사람들은 혼자 있는 시간을 이전보다 더 많이 필요로 한다. 하지만 그것이 외롭게 지낸다는 뜻은 아니다. 뒤로 물러나 고즈넉이 혼자 있는 시간을 보낸 다음에는 다시 수다도 떨고 교제도 해야 한다. 그렇지 않으면 견디지 못한다. 따라서 혼자 있고 싶은 마음이 들려면 우리 삶에 최소한 한 사람이라도 함께할 사람들이 있어야 하는 것이다. 그들과 어울렸다가 그들 없이 다시 혼자 있으면 좋게 느껴진다. 나는 이것이 올바른 공식이라고 생각한다.

또 한 가지 말하고 싶은 건, 모든 사람이 그런 건 아니겠지만 나는 나이 들수록 거창한 파티나 행사 같은 곳에 참석하는 게 점점 더 싫어진다. 결혼식, 생일 파티, 연말 모임 등 손에 와인 잔을 든 채 서서 형식적인 대화를 나누고 맛없는 핑거푸드를 먹는 시간. 차라리 나는 그냥 퍼질러 앉아 다른 음악을 듣고 싶다. 그래서 난 사람들이 많이 모이는 모임이나 행사인 듯하면 초대를 거절한다. 때로는 솔직하게 못 가겠다고 하고 때로는 상대의 기분을 고려해 핑계를 댄다.

기왕에 이런 말이 나왔으니 말인데, 이제 나는 됐으니 초대하지 말아주시길. 나는 수십년간 그런 곳에 충분히 많이 다녔고 모든 종류의 파티를 알고 있다. 그리고 이젠 그런 곳에 갈 필요성을 못 느낀다. 그런 파티에 가면 집에 혼자 있을 때보다 훨씬 외롭다. 알겠는가? 아, 이제 이것도 해결되었다. 이런 책을 쓰는 건 좋은 일이다.

다음번에는 나 없이 즐기시기를.

노년에 대해 공허하고 뻔한 말들이 많이 돌아다닌다.

버락 오바마는 아마 그 어떤 정치인보다 우리를 더 실망시킨 인물이 아닐까 한다. 그도 그럴 것이 우리는 그 젊고 역동적인 인물에게 엄청난 기대를 걸었기 때문이다. 하지만 그는 이제 진부함의 끝판왕이 되어버렸다. 터무니없이 높은 강연료를 받고 하는 연설에서 그는 늘 강한 어조로 나이 든 세대는 젊은 세대에게 자리를 내줘야 한다고 요구한다(최근 베를린에서도 같은 말을 했다). 그러면서 정작 80세를 넘긴 조 바이든의 재선을 지지한다. 바이든은 오늘날 몇 안 되는, 도덕적으로 흠잡을 데 없는 정치인이지만 그럼에도 이제 노쇠한 모습이 역력하다.

오바마는 세상의 문제는 여성들이 권력을 잡으면 해결될 거라는 말도 자주 한다. 그 역시 허튼소리다. 혹시 리즈 트러스Liz Truss◆를 생각하고 하는 말일까? 아니면 알리스 바이델Alice Weidel◆◆? 아니면 누구를? 모든 여성이 본질적으로 선하고 모든 남성은 악하다는 말인가? 처칠, 만델라, 간디는? 이런 무분별한 일반화가 바로 오바마의 특기다. 그리고 그는 자신의 아주 대단한 생각이 잘 먹혀들게 하려고 문장이 끝날 때마다 짐짓 쉬어간다.

나이 든 백인 남성들만이 문제인 건 아니다. 중년의 흑인 오바마도 문제가 있다. 물론 위험하고 반동적이며 권력에 눈이 먼 정치인들이 많고, 이들은 오바마보다 더 우려스럽다. 그러나 오바마는 거의 온 세계의 희망을 짊어지고 권력에 오른 인물이 아니었던가. 그는 모두를 실망시켰다. 내게는 오바마에게 실망한 것이 네타냐후, 시진핑, 오르반(헝가리 정치인)과 같은 정치인에게 실망하는 것보다 더 아프게 느껴진다. 이런 정치인들의 경우는 애초에 기대 자체가 없었기 때문이다.

한편 1946년생의 스위스 작가 샤를 르윈스키Charles Lewinski는 팬데믹 기간에 《그게 당신인가?》Sind Sie das?라는 책을 썼

◆ 제78대 영국 총리로, 영국 역사상 최단임 총리.

◆◆ 독일의 극우 정치인. '독일을 위한 대안'이라는 극우 정당 대표를 역임했다.

다. '단서를 찾아서'라는 부제가 달린 이 책은 르윈스키가 자신의 삶을 돌아보는 내용이다. 책은 이렇게 시작한다.

> 일흔다섯이 되면 크루즈 여행을 예약하고는 선박에서 벌어지는 캡틴스 디너Captain's Dinner에 참석해 이젠 턱시도가 정말로 더 이상 어울리지 않는다는 걸 깨달을 수 있다. 드디어 앨범을 정리하며 사진 속 많은 얼굴이 대체 누구인지 더 이상 모르겠는 경험을 할 수도 있다. 포르쉐를 구입해서는 차고에 세워둔 채로 지낼 수도 있다. 여전히 익숙한 고물차를 몰고서야 거리에 나갈 엄두가 나기 때문이다. 또는 책을 쓸 수도 있다.

그리고 그는 이제 바로 그것을 하고 있다. 나처럼 말이다. 우리는 늙어감이라는 주제에 관심이 있지만 삶과의 작별하는 시간으로서가 아니라 의식적으로 살 수 있는, 선물받은 시간으로서 그리고 이전의 긴 세월을 돌아보는 시간으로서의 노년에 관심이 있다. 마지막에 르윈스키는 이렇게 개괄한다.

> 내가 예상하지 못했던 것은 반세기가 넘게 지났는데도 불구하고 젊은 시절의 일들이 그 이후에 경험한 일들보

다 내 머릿속에 훨씬 더 생생하게 살아 있다는 것이다. 하지만 이건 모든 사람이 그럴 것 같다. 자서전에서 첫 장들이 가장 재미있는 이유가 바로 그래서가 아닐까.

나는 여기서 자서전을 쓰는 건 아니고, 늙어감에 대해 생각하고 있다. 그리고 문학은 내 생애에서 늘 중요한 역할을 해왔다. 문학과 음악은 내게 평생 커다란 위로였다. 아직 자서전을 쓰지는 못하겠다. 하지만 지금에 대해 말하는 것은 가능하다.

지금 나는 아직 생각할 수 있다. 아직 책을 읽을 수 있다. 아직 일할 수 있다. 이젠 맡은 일이 점점 즐거워지고 있다. 아무것도 증명하지 않아도 되기 때문이다. 내게 정말 기쁨이 되는 일들만 하기 때문이다. 나는 더 이상 돈을 벌 필요가 없다. 연금도 나온다.

나는 삶에서 많은 행운을 누렸다. 그래서 부자는 아니지만 근심은 없다. 이것은 정말 멋진 일이다. 더 많은 것은 필요하지 않다. 나는 어릴 적 가난하게 자랐기에 부를 과시하는 걸 약간 불편하게 느껴왔다.

그러고 나서 목의 주름과 손등의 검버섯을 바라보며 나는 생각한다. 그래, 옛날에 나는 지금보다 피부가 더 매끄럽고 예뻤지. 하지만 더 불행했어. 내 (남자) 친구는 말한다. 당신은 지금이 훨씬 더 아름다워. 아무것도 바꾸지 말아요. 그런 말을 듣자마자 나는 내가 마치 마흔 살로 돌아간 것처럼 보인다. 음… 뭐, 거의 그렇다.

하지만 주변 친구들이 하나둘 세상을 떠난다. 이탈리아 정치사상가 노르베르토 보비오는 이렇게 말했다.

> 추억이 깃든 장소들을 거닐 때면 세상을 떠난 이들이 그대 주변에 모여든다. 그 수는 해가 갈수록 더 불어난다. 한때 그대와 함께했던 많은 이가 이미 그대를 떠나갔다. 하지만 그대는 그들이 결코 존재하지 않았던 것처럼, 그들을 지워버릴 수는 없다.

먼저 부모가 떠나간다. 그런 다음 나무처럼 든든했던 친구가 말한다. 나 암이야. 더 이상 손쓸 수 없대. 한 친구가 찾아와 말한다. 나 백혈병이래. 청춘 시절부터 늘 함께 어울렸던 게이 친구는 에이즈로 서서히 죽어가고 있다. 죽음의 탄환들이 점점 더 가까워진다. 나는 점점 더 자주 무덤가에 서서 눈물을 흘린다. 그러나 아무것도 바꿀 수 없다. 화살은 이미 명중했다. 화살은 결코 목표를 빗나가지 않는다. 나이 드는 일의 가장 끔찍한 면은 곁에 있던 이들이 하나둘씩 가버려, 인간관계가 헐렁해지고, 사랑하는 사람들의 죽음을 자신의 죽음보다 더 두려워하게 된다는 것이다.

마샤 칼레코Mascha Kaléko는 〈동시대인들을 위한 시〉Versen für Zeitgenossen에서 이렇게 노래한다.

> 나의 죽음은 두렵지 않아,
> 가까운 이들의 죽음이 두려울 뿐.
> 그들이 가버리면 나 어찌 살까?

무엇보다 이 끔찍한 장례식들을 더 어떻게 견뎌야 할까? 커피와 케이크를 먹고 의미 없는 설교를 듣는 시간들을.

우리의 장례 의식은 끔찍하다. 나는 더 이상 이런 행사에 참여하고 싶지 않다. 내 친구들에게도 내 삶에 대한 장광설을 강제로 듣게 하고 싶지 않다. 고인에 대한 장황한 추도사가 끝난 다음에는 오르간이 연주되고 우리는 관에 한 줌 흙을 뿌린다. 그러고는 삭막한 식당에 가서 소보로 케이크를 먹는다!

로마에서 가장 큰 공동묘지인 캄포 베라노 옆의 한 간이 음식점이 떠오른다. 그 음식점의 창문에는 이런 문구가 붙어 있었다.

여기서 우는 게 더 낫습니다!

나는 신문 같은 곳에 부고가 실리는 걸 원하지 않는다. 부고에는 내가 얼마나 중요한 사람이었는지, 내가 얼마나 그리울지 등의 형식적인 멘트와 더불어 《어린 왕자》에서 한 구절이 인용되거나 아이헨도르프의 시골 들녘을 날아가는 영혼을 노래한 시구절이 인용되겠지.

"엘케는 늘 문학과 함께했습니다."

상상만 해도 소름이 돋는다.

친구는 내 장례를 요란떨지 않고 조용히 치러주겠다고 약속했다. 장례를 다 치르고 나서야 공식적으로 알리겠다고, 화장하고 남은 재는 나중에 나의 반려견의 재도 함께 뿌릴 수 있는 그런 장소에 뿌려주겠다고. 어느 나무 밑에. 평화의 숲 나무 밑에. (좋다! 평생 불안하고 평화롭지 못했던 내가 평화의 숲에 묻히다니!) 친구와 나는 어느 서점에서 낭독회를 해달라고 전화가 걸려왔을 때 친구가 이렇게 말하는 장면을 상상하며 한바탕 웃었다.

"아, 그 작가는 더 이상 낭독회를 하지 않아요. 죽었거든요!"

그러나 간혹 엄청난 돈을 들여 전면 부고를 내는 꿈도 꾸어본다. 주요 일간지의 1면을 통째로 사버리는 것이다. (얼마일까? 어마어마한 돈이 들겠지. 뭐 어떤가? 나는 죽었을 테니 돈도 필요 없지 않은가!) 그리고 그곳에 내가 직접 쓴 추도사를 실으면 어떨까? 살아 있는 사람들에게 보내는 일갈의 형식으로 말이다. 가령 이런 식으로 쓰면 어떨까.

대체 너희는 얼마나 겁 많고 소심하고, 형편없는 족속들이냐! 쓸데없는 책이나 쓰고, 찍어내고, 그걸 또 읽고! 쓰레기 같은 내용을 방송하는 텔레비전 앞에 죽치고 앉아 있구나. 고통하는 동물들을 보지 못한 채 고기를 대량으로 먹고는, 너희에게 너무나 어렵다며 오페라 같은 위대한 예술을 그냥 사라지게 버려두는구나. 너희는 아무것도 이해하지 못하는구나. 물질적인 욕망은 끝도 없이 크면서도 지적 호기심과 문화적 욕구는 털끝만큼도 되지 않으니, 더는 공감도 못 하고 아무것에도 열정을 발휘할 수가 없다. 나는 죽었다. 그러나 너희도 죽었다. 지금 벌써 죽어 있다. 나는 너희 모두에게 실망하고 경악했으며 너희 모두가 역겹다.

지옥에나 가라. 내가 먼저 가서 거기서 불 지펴놓고 기다리고 있을 테니.

아, 이렇게 하면 어떨까? 사실 나는 욕해주고 싶은 사람들에 대해서조차도 분노보다는 슬픔을 느낄 때가 많다.

너희들, 기억나니? 우리가 옛날에 함께 연극을 보러 다니던 때를? 그 뒤 우리는 함께 모여 라디오를 들었고, 그런 다음 함께 모여 텔레비전을 보았지. 그런데 이제는 각자 태블릿을 들여다보고 있어. 이게 정말 너희를 행복하게 해? 뭔가 근본적으로 잘못됐다고 생각하지 않아? 어떤 덫에 걸려든 것 같지 않아? 우리 모두 외롭게 죽을 때까지 그냥 계속 이렇게 살아야 하는 걸까?

스페인 출신의 영화감독 루이스 부뉴엘Luis Buñuel은 자신의 죽음에 대해 매우 아름다운 생각을 했다. 그는 82세 때 이렇게 말했다.

나는 적어도 10년에 한 번씩 죽음에서 깨어나고 싶다. 그러고는 무덤을 나와 가장 가까운 신문 가판대로 가서 신문을 몇 부 살 것이다. 단지 그거면 된다. 창백한 얼굴로 겨드랑이에 신문들을 낀 채, 건물 벽이 드리운 짙은 그림자를 따라 최대한 눈에 띄지 않게 묘지로 돌아가서는, 요즘 세상에는 어떤 불행들이 난무하는지 읽어보리라. 그런 다음 흡족한 마음으로 다시 평온한 안식처인 무덤 속에서 계속 잠을 청하리라.

무덤을 평온한 안식처에 비유하다니, 정말 멋지지 않은가? 지금 우리 노인 세대는 모든 부정적인 것의 원흉처럼 여겨지고 있다. 기후 변화는 우리가 너무 많이 비행기를 타고 너무 커다란 차를 몰고 다녔기 때문이라고 하고 환경 파괴도 우리의 책임이라고 한다. 우리가 너무 많이 여행하고, 육식을 너무 많이 하고, 플라스틱 쓰레기를 양산했으며, 원자력 발전을 도모했다는 것이다. 자본주의를 고안하고, 성과를 내야만 가치 있는 사람이라는 사고방식을 만들어냈으며, Z세대의 미래를 담보로 살아온 세대라고 한다.

요즘 들어 어떤 연극을 봐도 우리 세대가 모든 걸 망쳐놨다고 소리를 친다. 나는 생각해볼 점이 있다고 본다. 때로 흔한 고정관념은 진실과 동떨어져 있을 수 있다. 그래서 이 분노에 찬, 자칭 '마지막 세대'라는 단체가 지금 접착제로 자기 손을 도로에 붙이고 점거 시위를 벌이는 것일까? 그것이야말로 정말 쓸데없는 행동이 아닐까? 그래서 예술 작품에 페인트칠을 해 작품을 망쳐놓는 것일까?

지금 나는 아직 생각할 수 있다.
아직 책을 읽을 수 있다.
아직 일할 수 있다.

노인의 세계는 기억의 세계다

우리 늙은 세대가 모든 걸 망쳤다고? 아, 그런가? 옛날에 우리는 (아니 정확히 말하면 시끌벅적한 밴드 더 후The Who의 피트 타운젠드Pete Townshend와 로저 달트리Roger Daltrey는) 이렇게 노래했다.

> 사람들은 우리를 깎아내리려 하지
> 그저 우리가 여기저기 돌아다닌다는 이유로
> 그들이 하는 일들은 너무나 차가워 보여
> 차라리 늙기 전에 죽었으면 좋겠네

우리 역시 기성세대에 대한 반항심을 너무나 잘 안다. 젊었을 때 우리는 교수들에게 이렇게 소리쳤다.

"학위 가운 아래, 천년 묵은 곰팡내!"

그러나 우리는 우리가 죽은 뒤 젊은 세대가 물려받을 것들을 일군 세대이기도 하다. 우리가 물려준 것은 망가진 세상만은 아니다. 뭔가 좋은 걸 도모해볼 수 있는 가치들도 물려주었다.

역사적으로 젊은 세대는 늘 유리한 위치에 있었다. 기성세대가 지나온 길이 그들에겐 아직 앞에 펼쳐져 있기 때문이다. 하지만 하랄트 마르텐슈타인Harald Martenstein은 칼럼에서 오히려 나이 든 사람들이 더 유리한 위치에 있다고 썼다. 우리는 젊다는 게 어떤 것인지 알고 있지만 젊은이들은 늙었다는 게 어떤 것인지 알지 못한다는 것이다.

이 세계가 이 모양이 될 거라고는 아무도 예상하지 못했다. 전쟁, 기후 변화, 엄청난 국가 부채, 새로운 민족주의의 부활 등 어려운 일이 참 많다. 젊은이들은 매우 훼손된 세계를 넘겨받게 되었고, 그래서 우리를 원망하고 있다. 실비아 보벤셴은 우리 세대의 기억은 젊은이들에게 "마치 30년 전쟁(1618-

1648) 이야기처럼 들릴 뿐"이라고 했다.

하지만 우리는 젊은 세대에게 이 모든 문제를 떠안긴, 자기중심적인 늙은 바보들인 것만은 아니다. 우리는 그린피스와 국제 앰네스티를 창설했다. 녹색당을 만들어 산림 황폐화에 맞서 싸웠으며, 국경없는의사회에 많은 돈을 기부하고 있다. 전쟁과 무기 산업 반대 시위를 벌였으며, 억압받던 성을 해방시켰고, 결혼을 구속에서 자유롭게 만들었으며, 형법 175조(동성애 처벌법)로부터 동성애자들을 해방시켰다. 낙태를 규제하는 형법 218조를 깨부수기 위해 노력했다.◆

그리고 감히 주장하건대, 기후 위기에 우리가 개인적으로 책임이 있는 것도 아니다. 그 책임은 무엇보다 전 세계 대기업들에게 있다. 19세기에 산업화가 시작되면서 그렇게 되었다. 또한 내가 친환경 난방을 하든 말든 중국인들은 신경 쓰지 않는다. 그들은 현재 성장 위주의 정책으로 이산화탄소를 마구 배출하고 있으며 그 양 또한 엄청나다. 열대우림은 벌목되고 있다. 그게 내 잘못이란 말인가?

기후 변화는 단순히 기술적인 문제가 아니라 사회적 문제이기도 하다. 다른 나라들도 수준 높은 생활을 원하며 마구 난방을 하고 벌목하고 공장을 돌린다. 각 가정에서도 의식의 전환이 이루어져야겠지만 무엇보다 착취하고 오염시키고 이

◆ 현재 폐지되지는 않았지만 임신중단 조건이 많이 완화된 상태다.

윤을 추구하는 억만장자, 대기업, 산업계가 각성해야 한다. 그들이야말로 이 일을 책임져야 하는 주체들이다. 물론 내게도 책임이 있기에 쓰레기를 분리배출하고 난방 온도를 2도 낮추면서 나름 노력하고 있다.

모든 일에 대해 우리 노인 세대 탓만 하지는 말기를. 우리가 젊은 세대와 그들의 분노를 이해하고자 노력하는 것처럼 우리 노인 세대도 이해해주기를. 그렇지 않으면 우리는 화해하지 못한 채 테오도르 폰타네Theodor Fontane◆의 시로 돌아갈 것이다. 그의 시 〈늙은이와 젊은이〉Die Alten und die Jungen는 이렇게 시작한다.

> "젊은 애들은 정말 이해 불가야."
> 노인들은 입버릇처럼 그렇게 노래하지.
> 내 편에서는 이렇게 말하겠네.
> "노인들은 정말 이해 불가야."

진짜로 우리 노인들은 너무 고집스럽게 자신의 확신을 부여잡고 새로운 것은 불신하고 보는 경향이 있다. 경계해야 할 일이다. 지적 에너지가 줄어들지 않는다 쳐도 세상은 정말 빠르게 변화한다. 거의 모든 지식 분야가 숨 막히는 속도로 발

◆ 독일 소설가이자 시인.

전하고 있기에 더 이상 모든 걸 따라잡을 수도 이해할 수도 없다. 그러다 보니 우리는 일부 분야는 아예 신경을 끄고 다른 사람들에게 맡겨두어야 한다. 때로는 노르베르토 보비오가 적확하게 표현했듯이 "전력을 다해 발끝으로 서야만" 겨우 따라잡을 수 있다.

앞으로의 세상은 더 이상 내가 살아온 세상과 같지 않다. 엄청난 부담감과 피로감이 기본 감정으로 자리 잡고 있다. 독일 소설가 토마스 만Thomas Mann이 《마의 산》에서 "고생의 납덩이"라 불렀던 무거운 짐이 마음을 짓누른다. 오늘날 안전은 과거 어느 때보다 실종되었고 수십 년 이어져온 안정은 끝이 났다. 우리 행성은 팬데믹, 전쟁, 기후 변화, 난민 문제 그리고 도널드 트럼프 같은 위험한 광인들로 인해 위협받고 있다.

이 모든 것이 우리에게 영향을 미친다. 이런 것들로 '인생의 황혼기'라 불리는 시기조차 편안하지가 않다. 이미 불이 꺼졌으니, 인생의 황혼기는 어둠뿐인 걸까?

노인의 세계는 기억의 세계다. 하지만 이는 과거에만 머물러 산다는 의미는 아니다. 더는 바꿀 수 없는 일들을 돌아보며 슬퍼하고 아쉬워한다는 의미도 아니다. '그때 이렇게 했어야 하는데.' 또는 '그때 이렇게 했더라면'하고 후회하는 것도 아니다. 기억은 저절로 찾아온다. 마르셀 프루스트에게는 차에 적신 마들렌 한 조각이 그 역할을 했다. 우리 모두는 그런 상황을 안다. 특정 선크림 냄새를 맡거나 디저트를 먹으며, 구름이나 나무를 올려다보거나, 라디오에서 나오는 노래를 들으며 어린 시절의 장면들을 다시 떠올린다. 오랜 세월 묻혀 있었지만 마음속 깊은 서랍 어딘가에 자리하고 있었던 기억들. 쥘리앵 그린은 97세의 나이에 일기에 이렇게 적었다.

> 때로 나는 이름들과 세세한 것들은 다 잊어버렸다고 생각한다. 그러다 갑자기 그것들이 떠오른다. 온전한 기억이 새록하다. 사실 우리는 더 이상 관심이 가지 않는 것들은 뒷전으로 밀어놓을 뿐이며, 때로는 힘든 기억들을 잊어버리고자 한다. 쓸모없는 기억들, 책에서 읽었지만 당장은 별 중요하지 않은 내용들도 마찬가지다. 그리고 나이 들어 좋은 점은 우리가 잊어버렸다고 해서 아무도 우리에게 뭐라고 하지 않는다는 것이다.

한번은 연극을 보러 갔다가 정말 당황했던 적이 있다. 누군가가 제비꽃향 향수를 뿌렸는지, 내 아버지에게서 나던 냄새랑 똑같아서 나는 내내 울 수밖에 없었고, 결국 쉬는 시간을 틈타 그 자리를 떠났다.

기억은 자산이기도 하다. 얼마나 놀라운 서랍들이 그 안에서 열리는가! 미국 가수 조안 바에즈Joan Baez는 노래했다.

(…) 그리고 우리 둘 모두 알고 있지
기억이 가져다주는 것들을
기억은 우리에게 다이아몬드와 녹(녹슬음)을
가져다준다네

물론 녹도 가져다준다. 상처로 남은 기억들, 슬픈 기억들, 끔찍한 기억들. 그런데 이상하게 내겐 아름다운 기억들이 주를 이룬다. 부모님이 헤어지기 전 부모님과 같이 갔던 몇 안 되는 산책들. 엄마는 노래를 부르고 아빠는 숲길에 달걀 모양의 캔디들을 던지고는 방금 토끼가 나를 위해 캔디들을 두고 갔다고 말했다. 그리고 첫사랑의 기억들. 옆 반에 엄청 잘생긴 남학생이 있었는데 피아노를 정말 잘 쳤다. 그래서 오랜 세월 나도 피아노를 칠 수 있었으면 했고, 마흔이 되면서 드디어 피아노를 배우기 시작했다. 내게 남은 미래는 짧지만 기억은 먼 과거까지 방랑할 수 있으며, 내가 이미 걸어온 길을 그려 보여준다. 그 길을 돌아보며 나는 삶의 의미를 깨닫는다.

삶의 의미를 묻는 질문은 영원한 질문이다! 대체 무엇이 삶의 의미가 될 수 있을까? 사실 간단하다. 삶의 의미는 첫 숨을 쉬는 순간부터 마지막 숨을 내쉬는 순간까지 삶을 살아 내는 것이다.

일본 사람들은 이를 표현하는 단어를 가지고 있다. 바로 이키가이生きがい라는 단어인데, 이키生き는 삶, 가이甲斐는 의미를 뜻한다. 개인적인 이키가이는 열정과 임무, 소명과 직업이 어우러져서 생겨난다. 즉, 자신의 소명을 발견할 때 의미와 행복도 발견할 수 있다. 이를 위해서는 적어도 삶의 대략적인 방향을 계획하는 것이 필요하다. 모든 것을 우리 뜻대로 할 수는 없지만 적어도 큰 틀은 정할 수 있다. 가정을 꾸릴 것인가, 말 것인가? 어떤 직업을 선택할 것인가?

어떤 일을 하고 싶으냐는 질문에 그냥 미디어 쪽으로 뭔가를 하고 싶다는 식으로 대답하는 젊은이들은 인생에서 좀 헤맬 가능성이 크다. 언젠가는 뭔가를 하겠지…. 우리는 지금 애매모호한 시대를 살고 있는 걸까? 그런 것이 목표가 될 수 있을까? 그냥 아무거나? 좀 힘들어질 수 있다.

삶의 의미는
첫 숨을 쉬는 순간부터
마지막 숨을 내쉬는 순간까지
삶을 살아내는 것이다.

매일매일이
자신의 날이다

지금이 중요하다. 과거와 미래도 물론 중요하지만 지금이 가장 중요한 순간이다. 지금 이 상황을 살아가고 충만하게 채우는 것이 중요하다. 이에 대한 짧은 단상이 있다. 독일 철학자 에른스트 블로흐의 저서 《흔적들》Spuren에 나오는 〈바로 지금〉Eben jetzt이라는 글이다.

> 우리는 언제 우리 스스로에게 더 가까이 다가가게 될까? 침대에서 홀로 쉬고 있을 때? 여행할 때? 아니면 본가로 돌아가 많은 것이 다시금 좋게 보일 때? 의식적으로 사는

> 가운데 뭔가를 잊어버린 듯한 느낌이 드는 걸 누구나 경험해보았을 것이다. 생각이 안 나고 불분명하지만 뭔가를 놓치고 있는 듯한 느낌. 그래서 방금 하려던 말을 잊어버리기라도 하면 그 말이 그렇게도 중요하게 다가온다.
> 오래 살던 방을 떠날 때면 방을 나오기 전, 묘한 기분으로 방을 둘러본다. 여기서도 생각은 안 나지만 뭔가가 남아 있는 듯한 느낌이다. 그리고 그런 뭔가를 가지고 어딘가 다른 곳에서 시작한다.

1984년의 내 일기장에는 신문에서 오린 인터뷰 기사가 붙어 있다. 당시 조반니 그라치니Giovanni Grazzini가 페데리코 펠리니와 노년에 대해 인터뷰를 한 내용이다.

당시 60대 중반이었던 펠리니는 자신이 머물던 로마 하숙집의 이웃 방 남자에 대해 이야기했는데, 그 남자는 이제 마흔 정도였지만 나이 들어 보일까 봐 무지하게 걱정하는 사람이었다. 펠리니는 이렇게 이야기한다.

> "아침이면 파자마 위에 가운을 걸치고 방에서 나오는 그를 보곤 했죠. 그런데 좀 이상했어요. 방문을 닫고 몇 분간 문손잡이를 손으로 잡은 채 꼼짝하지 않고 가만히 서

있는 거예요. 그러다가는 갑자기 다시 문을 열고는 자기 방으로 고개를 쏙 디밀곤 했죠. 나는 호기심이 생겨서 어느 날 아침 그에게 왜 아침마다 그런 행동을 하는 거냐고 물었어요. 처음에 그는 대답을 꺼리는 것처럼 보였어요. 하지만 그러고 나서는 대답해주기로 마음먹은 듯 내 눈을 똑바로 쳐다보며 말했어요. 자신이 한동안 문을 닫아두었다가 갑자기 다시 문을 열고 방으로 고개를 들이밀어 보는 건, 혹시 방에서 노인 냄새가 나는지 확인해 보려는 거라고요. 그러면서 천천히 문을 닫으며 날더러 한번 시험해보라고 권했어요. '한번 맡아보세요. 노인 냄새가 날지도요?'"

펠리니는 인터뷰에서 그 뒤로 그 역시 몇 번 테스트를 해봤다고 고백한다. 약간 두근거리는 가슴을 안고, 자신이 방금 문을 나선 방에서 노인 냄새가 나는지 맡아보았다고 말이다. 그런 다음 그는 그라치니에게 노년에 대한 몇몇 멋진 일화와 자신의 친구이자 시나리오 작가인 엔니오 플라이아노와 주고받았던 농담들을 들려준다. 그러다가 문득 놀라서 말한다.

"그런데 왜 우리가 이런 이야기를 하게 된 거지?"

그건 그라치니가 그에게 나이 들어가는 게 싫지 않으냐고 물었기 때문이었다.

늙어가는 게 싫은가? 나는 싫지 않다. 노년은 내게 아주 많은 가능성을 선사한다. 그리고 나는 누구에게도 폐가 되지 않는, 나긋나긋한 할머니가 될 필요가 없다. 나는 내가 평생 그러했듯이 냉소적이고, 고집스럽고, 투쟁적인 할머니로 지낼 것이다. 내가 그럴 의지와 힘이 있는 한은 말이다.

우리 사회는 다행히 열린 사회라 내게 노인이 지켜야 할 특정한 행동 강령을 강요하지 않는다. 과거 몇십 년, 몇백 년 동안은 그런 강령 비스름한 게 있어서 노인들이 사회의 주변부로 밀려나버렸다.

나는 세스 노터봄이 요구한 대로 이 세상에 있는 한 이 세상에 참여한다. 더 이상 새로운 흐름에 장단을 맞출 필요도 없다. 요즘은 모두가 우울증에 걸려 있고, 짐칸이 따로 붙어 있는 자전거를 타며, 글루텐 불내증이나 유당 불내증이 있다. 하지만 이 또한 지나가겠지. 그러면 우울증은 아마도 멜랑콜리가 되고, 짐칸이 어마어마하게 큰 자전거는 끔찍한 무용지물의 지옥으로 사라질 것이다. 그리고 글루텐 불내증과 유당 불내증 대신 다시 옛날처럼 건강한 딸기에 알레르기 반응을 보일지도 모르지. 그러면 모두가 건강한 빵을 구워 내게 선물

하려들지 않을 것이다. 그냥 내버려둬라. 렛잇비Let it be. 나는 조금 덜 건강한 게 좋다.

제인 캠벨의 한 단편에서 이런 구절이 나온다.

> 내가 어릴 적에는 아무도 알레르기가 없었다. 요즘에는 땅콩 알레르기, 우유 알레르기, 글루텐 알레르기. 그 목록이 끝이 없다. 우리 때는 먹을 것이 있거나 없거나 둘 중 하나였다.

우리는 지나치게 조심스럽고 약간은 히스테릭한 시대에 살고 있는 게 아닐까?

세상은 정말 비참한 상태에 있다. 반동적이고 점점 더 자국중심주의로 나아가는 무책임한 정치인들(헝가리, 네덜란드, 이탈리아, 이스라엘, 폴란드, 러시아… 그리고 하늘이시여, 저 미국의 오렌지색 얼굴을 한 매너 없는 괴물◆로부터 이 세상을 지켜주소서!)이 이끄는 세상이다. 이런 세상에서 우리는 알레르기, 사소한 통증, 서로의 마음에 들지 않는 구석에만 신경을 쓰고 있다. 너무도 한심하고 너무도 쓸데없는 일이다.

나는 생각한다. 온종일 그 모든 뉴스와 부당한 요구, 쓸데없고 사소한 것들에 시달리며 살다가 간혹 담배 한 대 피우고

◆ 도널드 트럼프를 가리킨다.

약간 과음을 한들 무슨 큰일일까? 한 번쯤 안전벨트를 매지 않고 운전하는 것은 괜찮지 않을까? 늘 한결같이 안전과 건강을 따지고, 시시콜콜 정치적 올바름을 따지고, 원리원칙을 따지는 사람들이 나는 가끔 신경에 거슬린다. 에고, 이런 말을 했으니 또 분노에 찬 편지들을 받을지도 모르겠다. 뭐, 알아두시라. 편지에 답장은 하지 않을 것이다. 나는 나긋나긋한 노인이 아니니. 언제나처럼 나는 나일 따름이다.

나는 작가 쥘리앵 그린과 의견을 함께한다. 최근 내 침대 옆 협탁에는 그의 영리한 일기가 놓여 있고, 어젯밤 나는 공교롭게도 이런 구절을 읽었다.

> 노년에는 결코 과소평가할 수 없는 만족감이 찾아온다. 이제 아무것도 해야 할 의무가 없는 것이다. 젊은 시절에는 사회적 관습을 따르거나 해야 할 일을 어느 정도 억지로 해야 했다. 하지만 이제 내 나이에는 '억지로'라는 말이 사전에서 사라졌다. (…) 요즘 나는 더 이상 편지를 쓰지 않는다. 절대로 필요한 경우만 제외하고 말이다.

나는 아직 편지를 쓴다. 하지만 무례하거나 잘난 체하는 조언에는 더 이상 반응하지 않는다. 젊은 시절과 중년에 그랬듯이, 이제 노년에도 나는 많은 것을 그냥 제껴버린다. 모든 사람을 좋아할 수도 없고 모든 사람에게서 사랑을 받고 싶지도 않다. 세스 노터봄은 이렇게 썼다.

> 간혹 식당에서 한 가족이 앉아 각자 휴대폰만 붙잡고 있는 모습을 보면 나는 직감적으로 느낀다. 내가 알고 싶지 않은 사람들이 탄생하고 있다는 걸. 그들 역시 내 세계에 대해 아무것도 알지 못한다. 이제 사람은 있으나마나 한 존재가 되었다. 그걸 느낄 수 있다. 그렇게 휴대폰 속 자기 세계에 갇혀 있는 건 상대방에겐 일종의 모욕이다. 모욕할 생각이 없었더라도 그러하다. 그래도 늘 아름다운 예외들은 있는 법. 나는 그런 예외들을 찾는다. 나는 낙관주의자가 되고 싶기에.

세상과 사회가 급변하는데 낙관주의자로 남는 건 쉽지 않다. 우리는 때때로 낙심한다. 그렇다고 하여 우리의 전 인생이 실패했다는 뜻은 아니다. 우리는 다만 잠시 좀 힘겨울 따름이다. 사실 많이 버겁다. 그러나 솔직히, 팔십 넘은 우리 노인들도 슬퍼하고 놀라워하고 충격을 받기는 하지만 사실 모든 건 더 이상 우리 소관이 아니다. 이제 세상을 바로잡아야 할 사람들은 젊은이들이다. 우리가 전에 그랬던 것처럼, 우리가 젊었을 때 나치의 잔재들과 맞서 싸워야 했던 것처럼, 독일 땅에 핵미사일이 배치되는 것에 반대하는 시위를 벌였던 것처럼. 미국이 아시아에서 벌인 범죄적인 전쟁에 맞서 투쟁하고 이 나라에서 긴급조치법에 대항해 인권과 임신중단권을 위해 싸웠던 것처럼 말이다.

나는 우리가 잘해왔다고 생각한다. 그리고 지금의 이 모든 혼란이 우리만의 책임은 아니라고 생각한다.

고트프리트 벤은 1953년 〈예술가들에게 있어서의 늙어감이라는 문제〉Altern als Problem für Künstler라는 유명한 에세이를 선보였다. 이 에세이 내용의 상당 부분은 1년 뒤, 베른에서 했던 스위스 라디오 방송 강연에 다시 등장한다.

벤은 이렇게 말한다.

> "이런 질문으로 시작하고 싶네요. 노년은 언제 시작되는 것일까요? 쉴러가 세상을 떠난 46세, 니체가 침묵 속으로 들어가고, 셰익스피어가 작품 활동을 접고 사적 인간으로서 5년간의 삶으로 들어간 46세, 횔덜린◆이 병을 앓기 시작한 36세. 이런 나이는 결코 많은 나이가 아닙니

◆ 프리드리히 횔덜린Friedrich Hölderlin, 독일의 대표 시인.

> 다. 물론 산술 계산만으로는 우리의 질문에 접근할 수가 없습니다."

이어 벤은 이른 나이에 세상을 등진 예술가들을 나열한다. 나이 들어서까지 살지 못했기에 노년의 작품을 남기지 못했지만 그럼에도 완성된 예술가들. 노발리스, 모차르트, 쇼팽, 옌스 페터 야콥센, 슈베르트, 뷔히너, 라파엘, 아폴리네르, 셸리, 바이런, 클라이스트, 슈만, 푸시킨, 반 고흐 등 너무 빨리 생을 마감한 이들의 목록은 끝없이 이어진다.

벤은 또한 이렇게 강조한다.

> "제가 이런 이야기를 하는 이유는 그것에서 심오한 의미나 형이상학을 이끌어내려는 것이 아니라 이런 관찰이 그냥 흥미롭기 때문입니다."

예술계의 유명한 거장 중에 꽤 오래 산 이들이 많았다는 점도 흥미롭다. 평균 수명이 오늘날보다 훨씬 낮았던 시대에도 말이다. 벤은 그의 강연에서 특히 예술가에게 노화를 경험하는 것이 어떤 의미인지를 살펴본다. 미켈란젤로는 89세의 나이로 25세 때와 다름없는 놀라운 작품을 창작했지만 나이

든 바흐는 매우 이른 나이에 도달한 완벽함의 대가로 깊은 멜랑콜리를 겪어야 했다(방금 피카소가 한 유명한 말이 떠올랐다. 피카소는 자신이 열두 살에 이미 라파엘처럼 그림을 그렸고 다시금 아이처럼 그림을 그릴 수 있기까지 평생이 걸렸다고 말했다).

벤은 예술가들의 인생 황혼기도 살피는데 그들은 질병, 가난, 술로 얼룩진 말년을 보낸 경우가 많았다. 그리고 벤은 멋진 결론에 도달한다. 벤의 열렬한 팬으로서 그의 베른 연설에 등장하는 구절을 인용하고 싶다.

> "내가 이야기한 모든 노인은 자신의 삶과 나이를 회피하지 않고 사실로 받아들였고, 매일매일이 자신의 날인 것처럼 일하고 (…) 살았습니다. 내가 언급한 그 모든 위대한 사람들, 또한 그 영혼이 고통으로 갈기갈기 찢긴 이들, 반항적이고 파괴적이고 어두운 존재들에게조차도 교부들이 말한 이 한 문장, 수백 년된 오래된 문장을 소환하지 않을 수 없을 것입니다. non confundar in aeternum (영원히 수치를 당하지 않게 하소서), 나 또한 영원히 버림받지 않으리라."

마지막으로 벤의 시를 인용한다.

마지막 날, 드넓은 대지에 저녁노을이 타오르고

한 줄기 물길은 그대를

신비로운 목적지로 데려가네.

높은 데서 비쳐드는 빛은

오래된 나무들 사이로 넘실거리며

그늘 속에선 빛과 그림자가 유희를 펼치네.

열매도 없고, 이삭으로 된 왕관도 없으나

마지막 날은 수확을 묻지도 않네.

그저 자신의 유희를 하고

자신의 빛을 느끼며

기억 없이 조용히 내려앉을 뿐.

이미 모든 것이 말해졌다네.

_고트프리트 벤, 〈작별〉Abschied의 마지막 연

나의 엄마는 칠순이 지나고부터 아흔까지 20년간 해마다 한숨을 쉬며 말했다.

"이번 크리스마스가 내 마지막 크리스마스겠지."

어느새 비슷한 생각을 하는 나를 발견한다. 철새들이 새된 소리로 시끄럽게 울어대며 집 위로 날아가는 동안 정원에 서서 남쪽으로 여행하는 두루미나 야생 거위들을 올려다보며 나는 생각한다. 너희들이 봄이 되어 여기로 돌아올 때도 내가 여기 서 있을 수 있다면 좋겠네. 봄에 철새들이 돌아오기를 기다리며 매년 이렇게 생각한다. 몇 번이나 더 그 모습을 볼 수 있을까?

그게 중요할까? 아니, 더 이상 중요하지 않다. 팔십이면 내려놓을 수 있어야 한다. 카운트다운은 이미 시작되었고 화살이 날아오고 있다. 여기까지다!

독일의 한저Hanser 출판사가 10개의 주제로 10권의 에세이집을 기획했다. 이 시리즈의 첫 번째 작가로 선정된 엘케 하이덴라이히에게 맡겨진 주제는 바로 '나이 듦'이었다. 그 제안을 받는 순간 하이덴라이히는 자못 시큰둥하다.

'뭐야, 날 더러 늙어가는 이야기를 쓰라고? 아, 싫어. 난 평생 스물 몇 번을 이사 다녔으니 차라리 집(주거)에 대해서 쓰고 싶어.'

그러고 나서 집에 돌아가 자려고 누우니 이런 생각이 든다. 흠, 내 나이가 80이니. 그래··· 나이 듦에 대한 이야기를 쓰는 게 맞겠군.

이 멋진 책은 그렇게 탄생했고 2024년 독일어권에서 가장 많은 사랑을 받은 책이 되었다.

1943년에 태어나 제2차 세계대전 직후의 열악한 시기에 자란 엘케 하이덴라이히는 어려서부터 책을 좋아했다. 하지만 그 시기 많은 아이들이 그랬듯 전후의 어려운 시기에 힘든 삶을 살아야 했던 부모에게서 별다른 정서적 지원을 받지 못했고, 어머니와 많은 부딪힘 끝에 목사가 개입하여 목사관에서 십대를 보낸다. 하이덴라이히는 그 목사관을 감정적으로는 냉랭하지만 지적인 분위기가 넘쳐흘렀던 곳으로 회상한다.

하이덴라이히는 그곳에서 지적인 자극을 많이 받으며 자라나 나중에 독문학, 종교학, 연극학을 공부하고, 방송인이자 작가로 종횡무진 활동했다. 특히 1975년부터 중산층 주부를 풍자한 '엘제 슈트라트만'이라는 이름으로 방송활동을 하면서 대중들에게 많은 인기를 얻었는데, 1988년 서울올림픽에 파견되었다가 돌아올 때는 공항 벽에 스프레이 글씨로 "엘제를 대통령으로"Else for President라고 쓰여 있기도 했다. 이후 그녀는 책을 쓰기 시작했고 오랫동안 책 소개 방송도 진행하며 읽고 생각하고 쓰는 삶을 살아왔다.

하이델라이히에게 노년은 인생의 아주 멋진 시기다. 세상에 더 이상 자신을 증명하지 않아도 되는 나이이자 기쁨이 되는 일만 할 수 있는 나이다. 이 책에서 그녀는 나이 든 사람 특유의 용기와 솔직함으로 '몸을 사리지 않고' 평소 하고 싶었던 말을 담백하게 전한다. 온갖 방법을 가리지 않고 젊음을 추앙하는 사회의 면전에 '삶으로 황폐해진' 얼굴의 아름다움을 이야기하며, 보톡스를 맞아 빵빵해진 얼굴을 가진 여자들보다 삶으로 빵빵한 인생을 사는 여자들이 더 멋지다고 선언한다. 나이와 외모를 받아들이는 것 역시 품위에 속한다고 하면서.

그리고 스트레스를 받으면 큰일 나는 줄 알고 살아가는 현대인들에게 "워크라이프 밸런스라니 웬 말? 라이프 이즈 워크! 삶은 곧 일이야!"라고 말한다. 경제적 유용성과 상관없이 이 세상에서 사는 동안 이 세상에 참여해야 하고, 죽을 때까지 뭔가 의미 있는 활동을 해야 한다며 "사람을 가장 빨리 늙게 하는 것은 도전하지 않는 삶"이라고 일갈한다.

노년은 뒷방 늙은이 신세로 전락하는 시기가 아니다. 늙는 것은 삶의 자연스러운 일이며 젊어서 죽지 않는 이상 누구나 늙는다. 어떤 나이에도 우리는 뭔가를 잃고 뭔가를 얻는다. 노년에도 그러하다. 노년에도 정신은 펼쳐지고 성장할 수 있어야 한다. "꽁꽁 감긴 실뭉치 같은 영혼을 가진" 사람이 되지 말기를! 호기심을 잃지 않기를! 힘들여 뭔가를 하는 것이 특권임을 잊는 것은 타락일지니!

그녀의 시원시원하고 신선한 비판과 풍자가 얼마나 매력적인지! "나는 나긋나긋한 할머니가 되지 않을 테다. 당당하게 내 의견을 이야기하겠다"라고 말하는 나이 든 이의 여유가 물씬 느껴진다. 솔직하고 거침없으면서도 다정하고 열려 있는 태도. 이런 진정성 넘치는 글이 이 책의 인기 비결이 아닐까.

평생 책을 읽고 책 소개를 해온 작가이니만큼 이 책에는 그녀가 가까이 해온 책 속 문장들이 보석처럼 담겨 있다. 책 자체가 다양한 꽃들로 수놓아진 부케라고나 할까.

나는 이 책에서 너무나 멋진 비유를 많이 만났다. 치기 어린 젊음을 "무조건 춤을 추되 무거운 신발을 벗어서는 안 되는" 시기로 비유하기도 하고, 나이 듦을 감옥이 아닌 멀리 내

다볼 수 있는 발코니에 비유하기도 한다.

그녀가 좋아하는 삶과 죽음의 비유는 이러하다.

> 우리가 태어나자마자 저 위에서 운명이 영원으로부터 죽음의 활시위를 당긴다. 그 화살은 우리가 숨 쉬는 내내 날아온다. 화살이 도착하면 우리는 멈춘다.

직접 쓴 추도사는 또 얼마나 읽는 이를 빵 터지게 하는지. 꾸미지 않고 있는 그대로 보여주는 사적이고 담담한 문장들이 너무 멋있다. 시종일관 쿨하게 이어지던 그녀의 나이 듦에 대한 이야기는 이렇게 끝난다.

> 카운트다운은 이미 시작되었고 화살이 날아오고 있다. 여기까지다!

끝까지 멋지다.

이 책을 번역하는 내내 즐거웠고, 역자라기보다는 팬으로서 역자 후기를 쓰고 있다. 지금까지 우리가 읽어왔던 '나이듦'에 대한 책은 잊어주시라! 엘케의 카랑카랑하고 기운이 넘쳐나는 목소리와 밝은 기운에 전염되는 시간이 되기를!

유영미